CARAMBAIA

ilimitada

Julio Ramón Ribeyro

Ausente por tempo indeterminado

Posfácio
ALEJANDRO ZAMBRA

Tradução
ARI ROITMAN e PAULINA WACHT
MIGUEL DEL CASTILLO (posfácio)

6	Introdução, por Julio Ramón Ribeyro

. . .

11	Só para fumantes
47	Ausente por tempo indeterminado
65	Chá literário
79	A solução
93	Cena de caça
103	Conversa no parque
117	*Nuit caprense cirius illuminata*
143	A casa na praia

. . .

176	Posfácio, por Alejandro Zambra

Introdução
JULIO RAMÓN RIBEYRO

O conto é um gênero literário que sempre me cativou. Desde criança, para ser exato. Nunca vou esquecer o impacto que me causou a leitura de "Putois", de Anatole France, quando eu tinha 11 ou 12 anos: quando cheguei ao fim, senti uma espécie de sufocamento ou vertigem provocada pelo desenlace inesperado. Mais tarde, outros contos me seduziram, mas por motivos diferentes: "Los ojos de Judas", de Valdelomar, por seu tom nostálgico e melancólico; "A bilha", de Pirandello, pela situação divertida; "A carta roubada", de Poe, pela engenhosidade do enredo; "Bola de sebo", de Maupassant, pela crueldade revoltante da história; "Matias", de Eça de Queiroz, por sua delicada ironia; ou "Uma história simples", de Flaubert, pela concisão de estilo. E, mais tarde ainda, lendo contos de Kafka, Joyce, James, Hemingway e Borges, para citar apenas alguns autores, descobri novas probabilidades e alegrias no relato breve; a lógica do absurdo, a habilidade técnica, a arte do não dito, a eficácia do diálogo, o saber e a fantasia postos a serviço de paradoxos e parábolas intelectuais.

Como contista, fui moldado por essas leituras e por muitas outras que não cito aqui para não me estender. Um autor é nutrido pelos autores que ama — dos quais sempre extrai e aprende alguma coisa, ou muita —, mas acima de tudo é nutrido por sua própria experiência. E a minha, por questões de tempo, lugar e alguns percalços, é diferente da experiência dos autores que admiro, de modo que eu não poderia escrever como eles. Meus contos, pelo menos é o que penso, são um espelho da minha própria vida, a vida de um escritor de Lima da segunda metade do nosso século, educado num ambiente da burguesia ilustrada, que morou muitos anos na Europa, que exerceu — mais por necessidade que por prazer — vários ofícios, que alternou períodos de esbanjamento com períodos de reclusão e regressou ao seu país carregado de memórias e experiências, porém com pouquíssimas certezas e a sensação de ter desperdiçado muito tempo — mas decerto não o tempo que empreguei escrevendo alguns livros, em especial os de contos.

Contos, espelho da minha vida, mas também reflexo do mundo em que me coube viver, sobretudo o da minha infância e juventude, que tentei captar e representar naqueles aspectos que, na minha opinião e segundo minha própria sensibilidade, mereciam: os habitantes obscuros de Lima e suas ilusões frustradas, cenas da vida familiar, Miraflores, o mar e os areais, batalhas perdidas, militares, bêbados, escritores, fazendeiros, pistoleiros e meliantes, doidos, putas, professores, burocratas, Tarma e Huamanga, mas também a Europa, minhas bolsas de estudo e viagens, além de algumas histórias que saíram exclusivamente da minha fantasia; meus contos se reduzem a isso, pelo menos quanto a temas ou personagens. Não posso afirmar que eles — meus contos —, tão variados e díspares, fragmentos da minha vida e do mundo tal como o vi, possam, somados, adquirir certa unidade e propor uma visão orgânica, coerente e pessoal da realidade. E nem estou muito preocupado com isso. Como tampouco me preocupa que meus contos não reflitam as mudanças ocorridas no Peru nos últimos vinte anos. Escrever sobre a atualidade, sobre o imediato, é importante, mas não indispensável. Para isso, temos entre nós muitos jovens e excelentes contistas. De todo modo, seria bom lembrar a eles, parafraseando Borges, que muitas vezes a atualidade é anacrônica.

Para concluir este breve preâmbulo, devo dizer que cheguei a pensar em aproveitar a oportunidade para desenvolver minha concepção ou, se preferirem, minha poética do conto, à luz dos quarenta ou mais anos de experiência que tenho no gênero. Mas depois concluí que isso seria inútil ou redundante, uma vez que essa poética está implicitamente formulada nos meus relatos, ao menos para o leitor atento. Por isso, vou me limitar a enumerar de modo aleatório alguns preceitos:

1. O conto deve contar uma história. Não há conto sem história. O conto foi feito para que o leitor possa, por sua vez, contá-lo.
2. A história do conto pode ser real ou inventada. Se for real, deve parecer inventada, e se for inventada, real.
3. O conto deve ser, de preferência, breve, para que possa ser lido de uma sentada.
4. A história contada pelo conto deve entreter, emocionar, intrigar ou surpreender, e se for tudo isso junto, melhor. Se não obtiver nenhum desses efeitos, não existe como conto.
5. O estilo do conto deve ser direto, simples, sem ornamentos nem digressões. Deixemos isso para a poesia ou o romance.
6. O conto só deve mostrar, não ensinar. Do contrário, seria lição de moral.
7. O conto admite todas as técnicas: diálogo, monólogo, narração pura e simples, epístola, informe, colagem de

textos alheios etc., desde que a história não se dilua e o leitor possa reduzi-la à sua expressão oral.
8. O conto deve partir de situações em que a personagem ou as personagens vivam um conflito que as obriga a tomar uma decisão que põe seu destino em jogo.
9. No conto não deve haver tempos mortos nem sobrar coisa nenhuma. Cada palavra é absolutamente imprescindível.
10. O conto deve levar, de modo necessário e inexorável, a um único desenlace, por mais surpreendente que seja. Se o leitor não aceitar esse desenlace, então o conto falhou.

A observação desse decálogo, como se há de imaginar, não garante a escrita de uma boa história. O mais aconselhável é violá-lo de tempos em tempos, como eu mesmo fiz, ou então uma coisa melhor: inventar um novo decálogo.

Barranco, 1994

Só para fumantes

Não fui um fumante precoce, mas a partir de certo momento minha história se confunde com a história de meus cigarros. Não tenho uma lembrança muito clara do meu período de aprendizagem, só do primeiro cigarro que fumei, quando tinha 14 ou 15 anos. Era um cigarro de tabaco claro, da marca Derby, que um colega me ofereceu depois da escola. Acendi-o muito assustado, debaixo da sombra de uma amoreira, e depois de dar algumas tragadas me senti tão mal que passei a tarde toda vomitando e jurei nunca mais repetir a experiência.

Juramento inútil, como tantos outros que vieram depois, porque quando ingressei na universidade, anos mais tarde, considerava indispensável entrar no Pátio de Letras com um cigarro aceso entre os dedos. Metros antes de atravessar o velho saguão, já tinha riscado o fósforo e acendido o cigarro. Na época eram os Chesterfield, cujo aroma adocicado guardo até hoje na memória. Um maço me durava dois ou três dias, e para poder comprá-lo tinha de abrir mão de outros caprichos, porque eu vivia de bicos nessa época. Quando não tinha cigarros nem dinheiro para comprá-los, roubava-os do meu irmão. Bastava o menor descuido dele para eu meter a mão no seu paletó pendurado numa cadeira e roubar um cigarro. Digo isso sem vergonha alguma, porque ele fazia a mesma coisa comigo. Era um acordo tácito e também uma demonstração de que as ações reprováveis, quando recíprocas e equivalentes, criam um *status quo* e permitem uma convivência harmoniosa.

Quando o preço subiu, os Chesterfield se volatilizaram das minhas mãos e foram substituídos por cigarros Inca, de tabaco escuro e nacionais. Ainda visualizo aquele maço amarelo e azul que estampava o perfil de um inca. O cigarro não devia ser muito bom, mas era o mais barato que havia no mercado. Em alguns armazéns se vendia meio maço ou um quarto de maço, em cones de papel de seda. Era embaraçoso tirar do bolso um cone daqueles. Eu sempre tinha um maço vazio, no qual enfiava os cigarros comprados por unidade. Ainda assim, o Inca era um luxo em comparação com outros cigarros que eu fumava naquele tempo, quando minha necessidade de nicotina tinha aumentado sem que meus recursos fizessem o mesmo: um tio militar me trazia do quartel uns cigarros da tropa, amarrados com barbante como se fossem fogos de artifício, um produto nojento, no qual havia pedaços de cortiça, lascas de madeira, palha e uns poucos fiapos de tabaco. Mas não custavam nada, e dava para fumar.

Não sei se o fumo é um vício hereditário. Meu pai era um fumante moderado que largou o cigarro a tempo quando percebeu que lhe fazia mal. Não me lembro dele fumando, só de uma noite em que, não sei por qual capricho, pois fazia anos que havia parado de fumar, pegou um cigarro na cigarreira da sala, cortou-o em dois com uma tesoura e acendeu uma das partes. Depois da primeira tragada apagou-o, dizendo que era horrível. Meus tios, por outro lado, eram fumantes inveterados, e é bem conhecida a importância dos tios na transmissão de hábitos familiares e modelos de comportamento. Meu tio paterno George sempre tinha um cigarro nos lábios e acendia o seguinte com a guimba do anterior. Quando não estava com um cigarro na boca, era um cachimbo. Morreu de câncer de pulmão. Meus quatro tios maternos viviam escravizados pelo fumo. O mais velho morreu de câncer na língua; o segundo, de câncer na boca, e o terceiro, de infarto. O quarto quase sucumbiu por causa de uma úlcera perfurada, mas se recuperou e continua de pé e fumando.

De um desses tios maternos, o mais velho, guardo minha primeira e mais impressionante lembrança da paixão pelo fumo. Estávamos de férias na fazenda Tulpo, a oito horas a cavalo de Santiago de Chuco, nos Andes setentrionais. Devido ao mau tempo, o tropeiro que toda semana trazia provisões para a fazenda não conseguiu chegar, e os fumantes ficaram sem cigarro. Tio Paco passou dois ou três dias andando desesperado pelas arcadas da casa, subindo no mirante a toda hora para esquadrinhar o caminho que vinha de Santiago. No fim não aguentou mais e, apesar da oposição de todos (escondemos as chaves do quarto de selas para que ele não arreasse um cavalo), partiu a pé para Santiago, no meio da noite e sob um aguaceiro atroz. Apareceu no dia seguinte, quando estávamos acabando de almoçar. Felizmente, tinha se encontrado com o tropeiro no meio do caminho. Entrou na sala de jantar encharcado, enlameado, teso de frio até os ossos, mas sorridente, com um cigarro fumegando entre os dedos.

Quando entrei na faculdade de Direito, consegui um emprego de meio expediente no escritório de um advogado e assim obtinha os recursos necessários para garantir meu consumo de nicotina. O pobre Inca foi para os infernos, eu o condenei à morte como um vil conquistador e passei a servir uma potência estrangeira. O Lucky estava na moda. Seu lindo maço branco com um círculo vermelho era o meu favorito. Não se tratava apenas de um objeto plasticamente belo, mas de um símbolo de *status* e uma promessa de prazer. Milhares desses maços passaram pelas minhas mãos, e nas volutas dos seus cigarros se misturaram meus últimos anos de Direito e meus primeiros exercícios literários.

Quando evoco aquelas altas noites de estudo, em que virava a noite com os amigos na véspera de uma prova, entro forçosamente por esse círculo vermelho. Felizmente nunca faltava uma garrafa de bebida, surgida não se sabia como, e que dava um complemento ao ato de fumar e um contrapeso ao estudo. E aqueles intervalos em que, esquecendo-nos dos códigos e dos livros, viajávamos em nossos sonhos de escritores. Tudo isso, naturalmente, com aroma de Lucky. Fumar já se entrelaçara com quase todas as ocupações da minha vida. Eu fumava não apenas quando me preparava para uma prova, mas quando assistia a um filme, quando jogava xadrez, quando ia falar com uma garota bonita, quando passeava sozinho pelo calçadão, quando tinha um problema, quando o resolvia. Meus dias, assim, eram percorridos por um trem de cigarros, que eu acendia e apagava um atrás do outro e que tinham, cada um, seu próprio significado e seu próprio valor. Todos eram valiosos para mim, mas alguns se distinguiam dos outros pelo seu caráter sacramental, pois sua presença era indispensável para o aperfeiçoamento de um ato: o primeiro do dia, depois do café da manhã; aquele que eu acendia depois do almoço; e o que selava a paz e o descanso depois do combate amoroso.

Pobre de mim, miserável e infeliz! Eu pensava que meu relacionamento com os cigarros estava definido para sempre, e que a partir de então minha vida transcorreria na amável, fácil, fidelíssima e até então inócua companhia do Lucky. Mas não sabia que ia deixar o Peru e teria uma existência errante na qual o cigarro, sua privação ou fartura, marcaria meus dias com gratificações e desastres.

Minha viagem de navio para a Europa foi um verdadeiro sonho para um tabagista como eu, não só porque podia comprar cigarro a preço de banana nas zonas francas ou dos marinheiros contrabandistas, mas porque novos ambientes conferiam um cenário privilegiado ao ato de fumar. Verdadeiras estampas, por assim dizer: fumar encostado na amurada do transatlântico olhando os peixes-voadores do Caribe, ou de noite, no bar da segunda classe, jogando uma feroz partida de dados com uma turma de passageiros mafiosos. Era bonito, admito. Mas, quando cheguei à Espanha, as coisas mudaram. A bolsa de estudos que eu tinha era irrisória e, depois de pagar o quarto, a comida e o ônibus, não me sobrava quase nenhuma peseta. Adeus, Lucky! Tive de me adaptar ao fumo claro espanhol, um tanto rude e devastador, que por algum motivo era chamado de Bisonte. Felizmente estávamos em terra ibérica, e a pobre Espanha franquista tinha conseguido tornar a vida menos dura para os fumantes carentes. Em cada esquina havia um velho ou uma velha vendendo cigarros a varejo numa cestinha. Bem perto da minha pensão se postava um homem mutilado da guerra civil de quem eu comprava um ou mais cigarros, de acordo com minhas disponibilidades. Na primeira vez em que estas se esgotaram, eu me enchi de coragem e fui lhe pedir um cigarro fiado. "Pois não, imagine, pode levar quantos quiser. Depois o senhor me paga, quando puder." Quase beijei o pobre velho. Foi o único lugar no mundo onde fumei fiado.

Os escritores, de modo geral, sempre foram e ainda são fumantes inveterados. Mas é curioso que não tenham escrito livros sobre o vício do cigarro, como escreveram sobre o jogo, as drogas ou o álcool. Onde estão o Dostoiévski, o De Quincey ou o Malcolm Lowry do cigarro? A primeira referência literária ao tabaco que conheço data do século XVII e está no *Don Juan* de Molière. A obra começa com esta frase: "Diga o que disserem Aristóteles e toda a filosofia, mas não há nada comparável ao tabaco... Quem vive sem tabaco não merece viver". Não sei se Molière era fumante – embora nessa época o tabaco fosse inalado pelo nariz ou mastigado –, mas essa frase sempre me pareceu precursora e profunda, digna de ser adotada como lema pelos fumantes. Os grandes romancistas do século XIX – Balzac, Dickens, Tolstói – ignoraram completamente o problema do tabagismo e nenhuma de suas centenas de personagens, pelo que me lembro, tinha algo a ver com cigarro. Para encontrar referências literárias a esse vício, é preciso chegar ao século XX. Em *A montanha mágica*, Thomas Mann põe nos lábios do seu herói, Hans Castorp, as seguintes palavras: "Simplesmente não compreendo como alguém possa viver sem fumar. [...] Quando acordo pela manhã, já me alegro com a ideia de poder fumar durante o dia, e quando tomo a refeição já penso em fumar logo depois; e até posso dizer, com uma dose de exagero, que como apenas para ter a ocasião de fumar. Um dia sem tabaco seria para mim o cúmulo da insipidez, um dia totalmente vazio, sem o mínimo atrativo, e, se eu qualquer dia despertasse sabendo que não poderia fumar, acho que não teria coragem nem para me levantar"[1]. Essa observação, muito penetrante, revela que Thomas Mann deve ter sido um fumante inveterado, o que não o impediu de viver até os 80 anos. Mas o único escritor que tratou extensamente da questão do cigarro, com inteligência e humor insuperáveis, é Italo Svevo, que dedica trinta páginas magistrais ao assunto no seu romance *A consciência de Zeno*. Depois dele, não vejo nada digno de ser citado, com exceção de uma frase do diário de André Gide, que também morreu octogenário e fumando: "Para mim, escrever é um ato complementar ao prazer de fumar".

O mutilado espanhol que me fiava cigarros era um santo homem, uma figura celestial que nunca mais encontrarei na vida. Eu já estava em Paris e lá as coisas ficaram realmente pesadas. Não no início, porque quando cheguei tinha condições de manter adequadamente o meu vício, e até de requintá-lo. As bem sortidas tabacarias francesas me permitiram explorar os domínios inglês, alemão, holandês, na sua mais refinada gama de tabacos claros, com a intenção de encontrar, graças a comparações e correlações, o cigarro perfeito. Mas, à medida que essas investigações progrediam, meus recursos escassearam a tal ponto que não tive outro remédio senão me contentar com o cigarro francês comum. Minha vida ficou azul, porque eram azuis os maços de Gauloises e de Gitanes. E os cigarros eram de tabaco escuro, além do mais, de maneira que minha queda foi duplamente infame. Naquela época, o fumo já tinha se infiltrado em todos os atos da minha vida, a ponto de não poder realizar nenhum deles – exceto dormir – sem a intervenção do cigarro. Nesse sentido, cheguei a extremos maníacos ou

---

1   Thomas Mann, *A montanha mágica*. Trad. Herbert Caro. São Paulo: Companhia das Letras, 2016. [NOTA DA EDIÇÃO]

demoníacos, como por exemplo não conseguir abrir uma carta sem acender um cigarro. Muitas vezes me aconteceu receber uma carta muito importante e deixá-la horas e horas na mesa até conseguir os cigarros que me permitiriam rasgar o envelope e lê-la. Essa carta podia até conter o cheque de que eu precisava para resolver o problema da minha falta de cigarros. Mas a ordem não podia ser alterada: primeiro o cigarro e depois a abertura do envelope e a leitura da carta. Assim, eu estava instalado em plena insanidade e já maduro para as piores concessões e baixezas.

Um dia, vi que não tinha dinheiro sequer para comprar cigarro francês – e consequentemente não podia ler as minhas cartas –, e tive de cometer um ato vil: vender meus livros. Eram só uns duzentos, algo assim, mas eram os livros que eu mais amava, aqueles que vinha arrastando durante anos por países, trens e pensões, e que tinham sobrevivido a todas as vicissitudes da minha vida errante. Eu já havia deixado casacos, guarda-chuvas, sapatos e relógios em muitos lugares, mas nunca quis me desfazer desses livros. Suas páginas anotadas, sublinhadas ou borradas conservavam os vestígios da minha aprendizagem literária e, de certa forma, do meu itinerário espiritual. Mas era questão de começar. Um dia, pensei: "Este Valéry talvez valha um pacote de cigarros americanos", mas estava errado, porque o *bouquiniste* que o aceitou só me pagou o suficiente para comprar dois maços. Depois me desfiz dos meus Balzac, que automaticamente se transformaram em respectivos maços de Lucky. Meus poetas surrealistas me decepcionaram, porque só deram para comprar um Player's britânico. Um Ciro Alegría com dedicatória, no qual eu tinha depositado grandes esperanças, só foi aceito porque adicionei o teatro de Tchékhov.

Fui soltando os Flaubert pouco a pouco, o que me permitiu fumar os primitivos Gauloises durante uma semana. Mas minha pior humilhação foi quando decidi vender a última coisa que me restava: dez exemplares do meu livro *Os urubus sem penas*, que um bom amigo teve a coragem de publicar em Lima. Quando o livreiro viu aquela edição tosca, em espanhol, e de autor desconhecido, quase jogou o volume na minha cabeça. "Aqui não aceitamos essas coisas. Vá à Gibert, eles compram livros a quilo." Foi o que fiz, e voltei para o hotel com um maço de Gitanes. Sentado na cama, acendi um cigarro e olhei para a prateleira vazia. Meus livros literalmente tinham virado fumaça.

Dias depois, eu vagava desesperadamente pelos cafés do Quartier Latin à procura de um cigarro. Tinha começado o verão, um verão cruel. Todos os meus amigos e conhecidos, por mais pobres que fossem, tinham deixado a cidade, de carona, de bicicleta ou do jeito que arrumassem, rumo ao campo ou às praias do sul. Paris parecia povoada por marcianos. Quando a noite chegava, só com um café no estômago e sem fumar, eu chegava às raias da paranoia. Fui percorrer mais uma vez o Boulevard Saint-Germain, começando pelo museu de Cluny, na direção da Place de la Concorde. Mas, em vez de inspecionar as varandas dos cafés cheias de turistas, meus olhos preferiam varrer o chão. Quem sabe! Talvez conseguisse encontrar uma nota perdida, uma moeda. Ou uma guimba. Vi algumas, mas estavam esmagadas ou molhadas, ou então havia gente passando no momento e um resto de dignidade me impediu de pegá-las. Perto da meia-noite, estava na Place de la Concorde, ao pé do obelisco, cuja figura esguia tinha um único simbolismo para mim, o de um cigarro gigantesco.

Eu hesitava entre seguir minha ronda em direção aos grandes bulevares ou voltar derrotado para o meu pequeno hotel na Rue de la Harpe. Aventurei-me pela Rue Royale e vi sair do Maxim's um cavalheiro elegante que acendeu um cigarro na calçada e mandou o porteiro parar um táxi. Sem hesitar, fui falar com ele e, no meu mais correto francês, pedi: "O senhor faria a gentileza de me dar um cigarro?". O homem recuou horrorizado, como se eu fosse um execrável monstro noturno que viesse interromper a ordem da sua existência e, pedindo ajuda ao porteiro, se esquivou de mim e sumiu dentro do táxi que havia chegado.

Um fluxo de sangue me subiu à cabeça, tive medo de cair no chão. Como um sonâmbulo, dei meia-volta, atravessei a praça, a ponte, cheguei à mureta do Sena. Apoiado no parapeito, olhei para as águas escuras do rio e chorei copiosa, silenciosamente, de raiva, de vergonha, feito uma mulher qualquer.

Esse incidente me marcou tão profundamente que, em decorrência dele, tomei uma decisão irrevogável: nunca mais, mas nunca mesmo, me submeteria de novo àquela situação de indigência que me obrigara a pedir um cigarro a um estranho. Nunca mais. Dali em diante, teria de ganhar os meus cigarros com o meu suor. Eu sabia que estava passando por um período de provação e que viriam dias melhores, mas nesse momento me atirei como um lobo sobre qualquer oportunidade de trabalho que aparecesse, por mais dura ou desprezada que fosse, e no dia seguinte estava na fila de uma firma de *ramassage de vieux journaux* e me tornei um catador de papel-jornal.

Foi o primeiro trabalho físico que fiz, e um dos mais cansativos, mas também um dos mais emocionantes, porque me permitiu conhecer não só os desvãos mais recônditos de Paris como também os mais secretos da natureza humana. Cada um de nós recebia um triciclo e uma rua, e tínhamos de pedalar até essa rua e ir de prédio em prédio, de andar em andar e de porta em porta pedindo jornais velhos para os "estudantes pobres", até encher o triciclo e voltar para o escritório, com chuva ou com sol, por ruas planas ou íngremes. Vi bairros luxuosos e bairros populares, entrei em mansões e em mansardas, conheci porteiras horrorosas que me expulsaram como se eu fosse um mendigo, velhinhas que por não terem jornais me deram um franco, burgueses que bateram a porta na minha cara, solitários que compartilharam comigo suas tristes refeições, solteironas no cio que esboçaram gestos equívocos e iluminados que me ofereceram fórmulas de salvação espiritual.

De todo modo, em dez horas ou mais de trabalho eu conseguia juntar papel suficiente para pagar diariamente o hotel, a comida e os cigarros. Foram os cigarros mais éticos que fumei, porque os conquistei botando os bofes para fora, e também os mais patéticos, já que não havia nada mais perigoso que acender e fumar um cigarro enquanto estava descendo uma ladeira embalado por 300 quilos de jornal no triciclo.

Infelizmente, esse trabalho durou poucos meses. Fiquei de novo à deriva, mas, fiel ao meu propósito de nunca mais mendigar um cigarro, ganhei-os trabalhando como porteiro de um hotelzinho, carregador na estação ferroviária, distribuidor de folhetos, colador de cartazes e, por fim, cozinheiro ocasional na casa de amigos e conhecidos.

Foi nessa época que conheci Panchito, e durante um tempo pude desfrutar dos cigarros mais compridos que já tinha visto na vida, graças ao amigo mais baixo que já tive. Panchito era anão e fumava Pall Mall. Dizer que era anão talvez seja exagero, porque eu sempre tinha a impressão de que ele crescia conforme convivíamos. O caso é que o conheci nu como uma minhoca, e em circunstâncias melodramáticas. Um amigo tinha me convidado para cozinhar no seu conjugado, e, quando cheguei, encontrei a porta entreaberta e um vulto na cama coberto com os lençóis. Pensei que era o meu amigo, que tinha adormecido, e de brincadeira puxei os lençóis gritando "*Police!*". Para a minha surpresa, quem apareceu foi um *cholo*[2] diminuto, careca e sem pelos no corpo que, dando um pulo agilíssimo, se levantou e me olhou aterrorizado com sua cara de cavalo. Quando o vi olhar para o corta-papéis de aço toledano que estava na mesinha de cabeceira, fui eu quem me assustei, porque um homem calvo, por mais indefeso que pareça, se torna perigoso se estiver armado com um estilete. "Sou amigo do Carlos!", exclamei. Ainda bem. O homenzinho sorriu, cobriu o corpo com um roupão e me estendeu a mão, bem no momento em que Carlos chegava com a sacola de compras. Carlos o apresentou como um velho parceiro, que ia dormir lá aquela noite enquanto não encontrava um hotel. Panchito, ao mesmo tempo, tirava duas volumosas malas de baixo da cama. Uma estava abarrotada de roupa muito fina e a outra, de garrafas de uísque e pacotes de uma marca de cigarros desconhecida na França: Pall Mall. Quando me deu o primeiro maço dos primeiros *king size* que eu via na vida, entendi que Panchito não era tão pequeno quanto eu supunha.

A partir desse dia, Panchito, eu e os Pall Mall formamos um trio inseparável. Panchito me adotou como acompanhante, o que significou para mim um contrato de trabalho que assumi com responsabilidade profissional.

2   Mestiço de sangue ameríndio com espanhol. [NOTA DOS TRADUTORES]

Meu papel era ficar com ele. Andávamos pelo Quartier Latin, tomávamos coquetéis nas varandas dos cafés, comíamos juntos, vez por outra jogávamos uma partida de bilhar, mais raramente íamos ao cinema, e o que mais fazíamos era conversar durante o dia inteiro e parte da noite. Ele pagava todas as despesas, e quando se despedia deixava algumas notas na minha mão e, invariavelmente, um maço de Pall Mall.

Apesar desse contato tão estreito, eu não sabia quem era realmente Panchito nem o que ele fazia para viver. Nas longas conversas que mantivemos, descobri bastante coisa, mas não o suficiente para ter grandes certezas. Sabia que sua infância em Lima tinha sido muito pobre; que saiu do Peru ainda jovem para viajar por quase toda a América Latina; que adorava vestir-se bem, de colete, chapéu, sapato Weston de salto bem alto (e foi por isso que tive a impressão, na primeira vez em que saímos juntos, de que tinha espichado um pouco); que era fascinado por ouro, porque seu relógio, sua caneta, suas abotoaduras, seu isqueiro, seu anel de rubi e seus prendedores de gravata eram de ouro; que odiava as forças da ordem e fazia qualquer coisa para ficar transparente toda vez que passava por um policial; que o maço de notas que ele levava no bolso da calça era aparentemente inesgotável; que à meia-noite desaparecia nas sombras com rumo desconhecido, e ninguém sabia onde se hospedava.

Com o passar do tempo, alguns amigos meus o conheceram e formaram em torno dele um cortejo de artistas mendicantes que haviam encontrado o amparo daquele enigmático *cholo* peruano. Panchito adorava estar rodeado por aqueles cinco ou seis branquinhos de Miraflores, filhos da mesma burguesia peruana que o desprezara, aos quais dava de comer, beber e viver, como se sentisse um prazer aberrante ao devolver com dádivas o que havia recebido em humilhações. Pagou os cursos de violino de Santiago, arranjou um ateliê onde Luis podia pintar e financiou a edição de uma plaquete invendável de poemas de Pedro. Panchito era assim, entre outras coisas um mecenas, mas não aceitava nada de volta, nem um obrigado.

Uma das últimas lembranças que tenho dele, antes do seu desaparecimento definitivo, é de uma noite de inverno, elétrica e viciosa. Depois de meia-noite, Panchito, Santiago e eu estávamos tomando a saideira no balcão do Relais de l'Odéon. O bar ia fechar, éramos os últimos clientes, os garçons estavam empilhando as cadeiras em cima das mesas e varrendo o piso. Pelo espelho do bar, vimos três silhuetas imóveis na rua: três árabes com uns pesados casacos pretos. Santiago então nos contou que dias antes, naquele mesmo bar, um árabe tinha tentado passar a mão numa francesa e que ele, movido por um sentimento incauto de justiceiro latino, foi defendê-la, saiu na porrada com o muçulmano e o pôs para correr depois de quebrar uma cadeira na sua cabeça, dentro da melhor tradição dos *westerns*. E, falando em cinema, agora estávamos vivendo um filme policial, porque – segundo Santiago – um dos três árabes que estavam lá fora era aquele que ele derrotou e saiu dali jurando vingança. Pois agora estava lá, naquela noite solitária e inclemente, acompanhado por dois comparsas, esperando que saíssemos do bar para realizar sua *vendetta*. O que fazer? Santiago era alto, ágil e bom lutador, mas eu era um intelectual magrelo e Panchito, um peruano baixinho de chapéu e colete. Como lidar com esses três filhos de Alá, na certa armados com lâminas curvas?

"Vamos sair tranquilamente", disse Panchito. Foi o que fizemos, e descemos andando pelo meio da rua deserta e escura em direção à Rue de Buci. Cinquenta metros adiante viramos a cabeça e vimos que os três árabes, com as mãos nos bolsos dos casacos felpudos, aceleravam o passo e se aproximavam de nós. "Vocês continuem em frente", disse Panchito, "depois os alcanço". Santiago e eu seguimos nosso caminho, e um pouco adiante nos detivemos para ver o que estava acontecendo. Vimos então Panchito, de costas para nós, parlamentando com os três muçulmanos que pareciam, ao seu lado, três montanhas sombrias. Na mão de um deles cintilou uma faca, mas, ao contrário de se intimidar, Panchito avançou enquanto seus adversários davam um passo para trás, e depois outro, e mais outro, e Panchito crescia à medida que eles iam ficando menores, até que finalmente se desvaneceram na escuridão e sumiram. Depois Panchito veio calmamente em nossa direção, acendendo no caminho um dos seus longuíssimos Pall Mall. "Assunto encerrado", disse ele, dando uma risada. "Mas o que foi que você fez?", perguntou Santiago. "Nada", disse Panchito, e depois acrescentou: "Toca aqui", e apontou para o casaco, na altura do tórax. Santiago e eu tocamos, e sentimos sob o tecido a presença de um objeto duro, alongado e perturbador.

Dias depois Panchito desapareceu, sem avisar. Eu o esperei durante horas no café Mabillon, onde nos encontrávamos diariamente antes do almoço para tomar o primeiro aperitivo e começar uma das nossas longas e erráticas jornadas. Fui ver meu amigo Carlos, que ignorava onde ele estava. "Você vai saber pelos jornais", acrescentou sibilinamente. E soube mesmo, só que anos depois, quando trabalhava numa agência de notícias, responsável pela seleção e tradução das notícias da França destinadas à América Latina. Chegou um telex de Nice com a menção "Especial Peru. Para transmitir aos jornais de Lima". O telex dizia que um criminoso peruano, Panchito, fichado havia anos pela Interpol, tinha sido capturado nos corredores de um grande hotel na Côte d'Azur quando se preparava para invadir uma suíte. Lembrei-me de que para a mãe e os irmãos dele em Lima, a quem de tempos em tempos enviava dinheiro, Panchito era um engenheiro de destaque com um cargo importante na Europa. Amassei o telex, fiz uma bola e joguei-a na lixeira.

Os vaivéns da vida continuaram a me levar de um país para outro, mas sobretudo de uma marca de cigarro para outra. Amsterdã e os Muratti ovalados com uma fina biqueira dourada; Antuérpia e os Belga de maço vermelho com um círculo amarelo; Londres, onde tentei fumar cachimbo mas desisti, pois achei muito complicado e me dei conta de que eu não era Sherlock Holmes, nem lobo do mar, nem inglês... Munique, finalmente, onde, não conseguindo fazer meu doutorado em Filologia Românica, me formei em especialista em cigarros teutônicos que, para ser sincero, achei medíocres e sem estilo. Mas se menciono Munique não é pela qualidade do seu tabaco, e sim porque lá cometi um erro de discernimento que me deixou numa situação de privação desesperada, comparável aos piores momentos da minha estada em Paris.

Nessa época, eu recebia uma bolsa de estudos modesta, mas que me permitia comprar todos os dias meu maço de Rothaendhel numa banca de rua, antes de pegar o bonde que me levava à universidade. Era um ato que, graças à repetição, me ensejou um bom relacionamento com a velha *frau* da banca, coisa que eu considerava mais como um protocolo comercial. Porém, depois de dois ou três meses de uma vida rotineira e econômica, gastei toda a minha bolsa com um toca-discos portátil, pois tinha começado a escrever um romance e julguei que, para avançar, precisava contar com música de fundo ou uma cortina sonora que me protegesse de todos os sons do exterior. Consegui a música e também a cortina, e pude avançar no meu livro, mas alguns dias depois fiquei sem cigarros e sem dinheiro para comprá-los e, como "escrever é um ato complementar ao prazer de fumar", me vi na situação de não conseguir escrever, por mais música de fundo que tivesse. Achei que o mais natural seria passar pela banca diária e invocar minha condição de freguês para que me fiassem um maço de cigarros. Foi o que fiz, alegando que tinha esquecido a carteira e pagaria no dia seguinte. Tão confiante estava na legitimidade do meu pedido que estendi a mão candidamente, esperando a chegada do maço. Mas tive de retirá-la no mesmo instante, porque a *frau* fechou com força a janelinha da banca e ficou me olhando por trás do vidro não apenas chocada, mas aterrorizada. Só naquele momento percebi o erro que eu havia cometido: pensar que estava na Espanha quando estava na Alemanha. Aquele país próspero era na verdade um país atrasado e sem imaginação, incapaz de ter uma instituição baseada na confiança e no convívio como a instituição do fiado. Para a *frau* da banca, um sujeito que lhe pedia algo para pagar amanhã só podia ser um vigarista, um criminoso ou um desequilibrado disposto a matá-la se fosse necessário.

Então me vi numa situação terrível — sem poder fumar e, por consequência, sem poder escrever — e sem solução à vista, porque não conhecia praticamente ninguém em Munique e ainda por cima estava começando um inverno atroz, com 1 metro de neve nas ruas, o que me condenou a um confinamento forçado. Só podia olhar aquela paisagem polar pela janela, ficar jogado na cama como um farrapo humano ou ler os livros mais enfadonhos do mundo, como os sete volumes do diário íntimo de Charles Du Bos ou os romances pedagógicos de Goethe. Foi então que *herr* Trausnecker veio me salvar.

Eu estava hospedado na casa desse metalúrgico que me alugava um quarto com direito a café da manhã e uma refeição no apartamento onde morava, num subúrbio proletário. Uma ou duas vezes por semana ele vinha ao meu quarto de noite para saber se eu precisava de alguma coisa e conversar um pouco. Homem rude, mas perspicaz, percebeu imediatamente que alguma coisa estava me atormentando. Quando expliquei meu problema, ele entendeu de pronto e, desculpando-se por não poder me emprestar dinheiro, me deu 1 quilo de fumo picado, papel de arroz e uma maquininha de enrolar cigarros.

Graças a essa pequena máquina, consegui sobreviver durante as duas intermináveis semanas que faltavam para receber o pagamento seguinte. Toda manhã, quando me levantava, enrolava uns trinta cigarros e os empilhava em montinhos em cima da mesa. Foram os piores e melhores cigarros da minha vida, os mais nocivos, com certeza, mas os mais oportunos. O fumo estava seco, o papel era áspero e o acabamento, artesanal, tosco e de aspecto execrável, mas nada disso importava, aqueles cigarros me permitiram enfrentar a tempestade e retomar com brio o meu romance interrompido. Em grande parte, só o terminei graças à pequena máquina do sr. Trausnecker, que dessa maneira compensou a afronta da velha *frau* e me reconciliou com o povo germânico.

Mais tarde lhe paguei esse favor com juros, o que me obriga a fazer uma digressão, porque o assunto não tem nada a ver com o cigarro, mas sim com o fogo. Numa tarde sombria, *frau* Trausnecker entrou no meu quarto: havia mais de uma hora que pusera no forno uma torta de maçã, mas a porta da cozinha tinha se trancado por dentro e ela não conseguia entrar para pegar a torta que estava queimando. Tentei abrir a porta, primeiro com uma gazua improvisada, depois dando pancadas, mas era impossível, e o cheiro de queimado ia se intensificando. Lembrei-me então de que o banheiro ficava ao lado da cozinha e que suas respectivas janelas eram contíguas. Era só passar de uma janela para a outra. Expliquei meu plano a *frau* Trausnecker e fui para o banheiro, mas ela se precipitou atrás de mim aos gritos, tentou me segurar, disse que era muito arriscado, houve uma disputa, até que consegui fechar a porta do banheiro e passar a chave. Como ela continuou protestando atrás da porta, abri a torneira da banheira e lhe disse que não se preocupasse, porque o que eu realmente ia fazer era tomar um banho. O que fiz foi abrir a janela, e fiquei assustado: não só porque o quarto andar daquele prédio operário dava para um pátio de cimento muito profundo, mas também porque a janela da cozinha ficava bem mais distante do que eu supunha. Mas não podia recuar, para não cair no ridículo nem parecer fanfarrão. Escalei a janela do banheiro, pendurei-me na beirada externa com as duas mãos e, depois de um impulso calculado, pulei para a janela adjacente e caí na cozinha. Bem a tempo, porque o ambiente estava quente e o forno, soltando fumaça e fogo pelas frestas. Abri a porta e *frau* Trausnecker entrou, apagou o forno, desligou a corrente elétrica, tirou o bolo, que já era um montinho de carvão em brasa, e jogou-o na pia, debaixo de um jato de água fria. A casa ficou cheia de vapor e com um insuportável cheiro de queimado, tivemos de abrir todas as janelas para arejar. Pouco depois estávamos sentados na sala, aliviados, satisfeitos e felizes por ter evitado um incêndio. Mas de repente um barulhinho atraiu nossa atenção: vinha do banheiro o som da torneira que eu tinha deixado aberta, e no mesmo instante vimos uma língua de água aparecer no corredor. A banheira estava transbordando! Mas como entrar no banheiro? Eu o trancara por dentro.

Precisei refazer o percurso na direção oposta, apesar dos novos protestos de *frau* Trausnecker. Da janela da cozinha passei para a janela do banheiro, dando um pulo suicida sobre o abismo. Minha imprudência salvou os Trausnecker sucessivamente de um incêndio e uma inundação.

Tentei lutar muitas vezes — é hora de dizer — contra a minha dependência do fumo, porque seu abuso me prejudicava cada vez mais: sofria de tosse, azia, náusea, fadiga, perda de apetite, palpitações, tontura e uma úlcera estomacal que me fazia rolar de dor e me obrigava a submeter-me de forma regular a um abominável regime de leite e gelatinas. Usei todos os tipos de receitas e astúcias para reduzir e eventualmente suprimir o consumo de cigarros. Escondia os maços nos lugares mais improváveis; enchia de balas minha mesa de trabalho, para ter sempre algo para levar à boca e sugar em vez do cigarro; comprei piteiras sofisticadas com filtros que eliminavam a nicotina; tomei todo tipo de pílulas supostamente destinadas a provocar alergia ao tabaco; espetei agulhas nas orelhas sob a sábia administração de um acupunturista chinês.

Nada funcionou. Cheguei assim à conclusão de que a única maneira de me libertar desse jugo não era usando truques mais ou menos falaciosos, e sim com um ato de vontade irrevogável, que testaria a força do meu caráter. Conheci pessoas — poucas, é verdade, e isso sempre me gerou desconfiança — que decidiram parar de fumar de um dia para outro e conseguiram.

Só tomei uma decisão assim uma vez. Estava em Huamanga, como professor da universidade local, reaberta havia pouco, depois de três séculos de inatividade. Essa velha, pequena e esquecida cidade andina era uma verdadeira delícia. O camarada Gonzalo ainda não tinha aparecido nem sua filosofia havia indicado algum sendeiro luminoso.[3] Os estudantes, quase todos locais ou de províncias vizinhas, eram jovens ignorantes, sérios e estudiosos, convencidos de que bastava obter um diploma para ter acesso ao mundo da prosperidade. Mas a questão aqui não é minha experiência em Ayacucho. Vamos voltar ao cigarro. Solteiro, sem obrigações e com um bom salário, eu poderia estocar quantos Camel quisesse – porque tinha adotado essa marca, talvez pela afinidade que existia entre o camelo e as lhamas e vicunhas que circulavam pela cidade. Mas uma noite, conversando e fumando com meus colegas num café na Plaza de Armas, de repente me senti mal. Minha cabeça começou a girar, eu não conseguia respirar, senti pontadas no coração. Voltei para o hotel e me joguei na cama, confiando que, com o descanso, ia me recuperar. Mas meu estado se agravou: o teto parecia que ia cair em cima de mim, vomitei bile, realmente achei que ia morrer. Entendi nesse momento que aquilo era por causa do cigarro, que finalmente eu estava pagando à vista a dívida que tinha acumulado em quinze anos de vício desenfreado.

Era preciso tomar uma decisão radical. E não só tomá-la – parar de fumar –, mas também consagrá-la com um ato simbólico que selasse o seu caráter sacramental. Então me levantei cambaleando da cama, peguei o maço de Camel e joguei-o no terreno baldio que havia abaixo da minha janela. Nunca mais, pensei, nunca mais. E, aliviado por esse gesto de heroísmo, caí de novo na cama e adormeci no mesmo instante.

Acordei depois de meia-noite, me lembrei da minha determinação da véspera e me senti não apenas moralmente

---

[3] Camarada Gonzalo era o codinome de Abimael Guzmán, professor de filosofia e fundador da organização de inspiração maoista Sendero Luminoso. [N. T.]

confortado, mas fisicamente bem. Tanto que me levantei para registrar minha renúncia ao fumo em linhas que imaginei, se não imortais, pelo menos dignas de uma merecida longevidade. Na realidade, escrevi várias páginas glorificando o meu gesto e me prometendo uma nova vida, baseada na austeridade e na disciplina. Mas enquanto escrevia fui me sentindo cada vez mais desconfortável, minhas ideias iam se anuviando, eu penava para encontrar as palavras, uma angústia crescente não me deixava concentrar-me – e vi então que a única coisa que eu realmente queria naquele momento era acender um cigarro.

Lutei contra esse impulso durante uma hora, pelo menos, apagando a luz para me deitar na cama e tentar dormir, levantando-me para pôr um disco na vitrola portátil, bebendo copos e mais copos de água gelada, até não aguentar mais: peguei o casaco e decidi sair do hotel em busca de cigarros. Mas nem saí do quarto. Não havia nada aberto em Huamanga àquela hora. Comecei então a revistar os bolsos de todos os meus paletós e calças, as gavetas de todos os móveis, o conteúdo de malas e pastas, em busca do hipotético cigarro esquecido, jogando tudo para cima, e, quanto mais infrutífera era a busca, mais tenaz o meu desejo. De repente, minha mente se iluminou: a solução estava no maço que eu tinha jogado pela janela. Quando me debrucei, vi o terreno baldio 8 ou 10 metros abaixo, iluminado vagamente pela luz do meu quarto. Não tive dúvida. Pulei como um suicida e caí num montinho de terra, torcendo o tornozelo. Engatinhando, explorei a clareira iluminada pelo meu isqueiro. Lá estava o maço! Sentado no meio da sujeira, acendi um cigarro, ergui a cabeça e soltei a fumaça da primeira baforada na direção do esplêndido céu de Huamanga.

Esse incidente foi um aviso que eu não soube ouvir nem aproveitar. Continuei minha vida errante em diferentes cidades, moradias e ocupações, deixando volutas de fumaça e guimbas amassadas em toda parte, até me ver novamente em Paris, num apartamento de dois quartos e sala, onde consegui ter uma coleção de sessenta cinzeiros. E não foi por mania de colecionador, mas para ter sempre à mão um objeto onde jogar guimbas ou cinzas. Tinha adotado na época o Marlboro, porque essa marca, que não era nem melhor nem pior que muitas outras que eu já experimentara, me sugeria um jogo gramatical que eu praticava regularmente. Quantas palavras podiam ser formadas com as oito letras de Marlboro? Mar, lobo, mal, bola, bar, lombo, olmo, amor, orar, bolo etc. Tornei-me invencível nesse jogo, que popularizei entre os meus colegas da France-Presse, onde trabalhava na época. Essa agência, diga-se de passagem, não era só uma fábrica de notícias, mas um empório do tabagismo. Pelas estatísticas, eu sabia que a profissão mais viciada em fumar era a de jornalista. E constatei isso na prática, porque as redações, a qualquer hora do dia ou da noite, eram antros enormes onde dezenas de homens batucavam desesperadamente nas suas máquinas de escrever, sugando o tempo todo os seus charutos, cachimbos e cigarros de todas as marcas em meio a uma espessa névoa nicotínica, a tal ponto que me perguntei se eles estavam lá para escrever as notícias ou para fumar.

Foi justamente na era do Marlboro e do meu trabalho na agência que explodi. Não tenho a intenção de estabelecer uma relação de causa e efeito entre essa marca de cigarro e o que aconteceu comigo. O fato é que uma tarde caí na cama e comecei a morrer, para grande susto da minha esposa (porque, nesse meio-tempo, além de fumar, eu havia me casado e tivera um filho). Minha velha úlcera tinha estourado, e uma hemorragia incontrolável estava me evacuando do mundo pela via inferior. Uma ambulância com sirene estridente me levou para o hospital em estado de coma e, graças a maciças transfusões de sangue, consegui voltar a mim. Foi uma coisa horrível, não vou entrar em detalhes para não cair no patético. O dr. Dupont cicatrizou minha úlcera em duas semanas de tratamento e me deu alta com a recomendação expressa — além dos remédios e uma dieta — de não fumar.

Não fumar! Que ingênuo, o dr. Dupont. Não sabia com que tipo de paciente estava lidando. Dois meses mais tarde, de volta ao meu trabalho na agência de notícias, cercado por centenas de fumantes raivosos, diariamente eu jogava na lixeira dois ou três maços vazios de Marlboro. M-a-r-l-b-o-r-o. Minha brincadeira gramatical foi se enriquecendo: robô, raro, mola, rombo, robalo, borla etc. A coisa pode ter sua graça, mas assim como descobri novas palavras também tive novas hemorragias e novas ambulâncias foram me levando ao hospital, em meio a buzinas e sirenes, para me deixar exânime diante dos olhos horripilados do dr. Dupont. A ambulância, de algum modo, se tornou meu meio normal de transporte. Depois de ouvir minhas juras de que ia largar o cigarro, o dr. Dupont sempre me mandava para casa recauchutado, ameaçando esquecer os paliativos da próxima vez e me meter a faca sem hesitação. Ameaça que me deixava impávido, e a melhor prova disso é que na quarta ou quinta internação percebi que para fumar não precisava esperar até ter alta: bastava subornar uma auxiliar de enfermagem para me comprar um maço. De Marlboro, naturalmente: aro, orla, ramo etc. Eu o deixava escondido no guarda-roupa, dentro de um sapato. Duas ou três vezes por dia pegava um cigarro, ia me trancar no banheiro, dava várias baforadas frenéticas e jogava o resto na privada.

Devo dizer, em minha defesa, que o que contribuiu para destruir minhas boas intenções e, consequentemente, fortaleceu meu vício foi uma visão fugaz, mas definitiva, que tive no hospital. O dr. Dupont, por melhor especialista que fosse, tinha uma posição intermediária entre os gastroenterologistas da equipe. No topo estava o mestre, dr. Bismuto, que possivelmente tinha chegado a essa posição graças ao seu sobrenome profético. O dr. Bismuto só lidava com casos muito sérios. Mas, como eu estava em vias de me tornar um desses, o bom Dupont me conseguiu o privilégio de receber uma visita dele. Anunciou-a com muita solenidade, e minutos antes da hora marcada uma enfermeira veio verificar se tudo estava em ordem. Logo depois a porta se entreabriu e em frações de segundo distingui um senhor alto, magérrimo, grisalho que, num ato furtivo digno de um ilusionista, tirou um cigarro dos lábios, apagou-o com a sola do sapato e guardou a guimba no bolso do jaleco. Pensei que estava sonhando. Mas quando o mandarim se aproximou da minha cama, rodeado pela sua comitiva de internos e enfermeiras, notei nos seus bigodes amarelados e nos longos dedos castanhos a marca infame de um fumante.

Que tipo de recompensa o cigarro me dava para fazer-me sucumbir aos seus poderes e me tornar um servo sem escrúpulos dos seus caprichos? Sem dúvida era um vício, se entendermos por vício um ato repetitivo, progressivo e pernicioso que nos causa prazer. Mas examinei melhor a questão e concluí que o prazer estava excluído do ato de fumar. Estou falando do prazer sensorial, aquele que é ligado a um sentido particular, como o prazer da gula ou da luxúria. Talvez nos meus primeiros anos de fumante eu tenha sentido algum sabor ou aroma agradável nos cigarros, mas com o passar do tempo essa sensação foi minguando e pode-se até dizer que eu achava desagradável fumar, porque me deixava com a boca amarga, a garganta queimando e o estômago ácido. Se havia prazer, pensei, devia ser mental, como o que se obtém com o álcool ou com drogas como ópio, cocaína ou morfina. Mas também não era o caso, porque fumar não me provocava euforia, nem lucidez, nem estados de êxtase, nem visões sobrenaturais, nem suprimia a dor ou o cansaço. O que então o cigarro me proporcionava, na ausência de prazeres sensoriais ou espirituais? Talvez prazeres mais difusos e sutis, difíceis de localizar, definir e mensurar, ligados aos efeitos da nicotina no nosso corpo: serenidade, concentração, sociabilidade, adaptação ao ambiente. Portanto, eu podia dizer que fumava porque precisava da nicotina para me sentir bem emocionalmente. Mas, se era da nicotina contida no cigarro que eu precisava, por que será que não recorria a um charuto ou ao fumo de cachimbo que tinha à mão quando ficava sem cigarro? E isso é uma coisa que nunca fiz, nem nos piores momentos, porque precisava mesmo era daquele objeto fino, comprido e cilíndrico cujo envoltório de papel continha fibras de tabaco. Era o objeto em si que me subjugava, o cigarro, sua forma tanto quanto seu conteúdo, e sua manipulação, sua inserção na rede dos meus gestos, ocupações e costumes cotidianos.

Essa reflexão me levou a considerar que o cigarro, além de uma droga, para mim era um hábito e um rito. Como todo hábito, tinha se incorporado à minha natureza e já era parte dela, e portanto abandoná-lo equivalia a uma mutilação; e, como todo rito, era submetido a um protocolo rigoroso, sancionado pela execução de atos precisos e o emprego de objetos de culto insubstituíveis. Podia, assim, concluir que fumar era um vício que me proporcionava não um prazer sensorial, mas um sentimento de calma e de bem-estar difuso, fruto da nicotina que o tabaco continha, que se manifestava no meu comportamento social por meio de atos rituais. Tudo isso está certo, pensei, é coerente e até bonito, mas de todo modo não me satisfazia, pois não explicava por que eu fumava quando estava sozinho e não tinha nada em que pensar, ou nada a dizer, nada a escrever, nada a esconder, nada a fingir, nada a representar. Portanto, a tirania do cigarro devia ter causas mais profundas, provavelmente subconscientes. Longe de mim, porém, me amparar em Freud, nem tanto por ele, mas pelos seus exegetas fanáticos e medíocres que veem falos, ânus e Édipos em toda parte. Segundo alguns dos seus divulgadores, o vício de fumar era explicável por uma regressão infantil em busca do mamilo materno ou por uma sublimação cultural do desejo de sugar um pênis. Lendo essas bobagens, entendi por que Nabokov – sem dúvida exagerando – se referia a Freud como o "charlatão de Viena".

Fui obrigado a inventar minha própria teoria. Teoria filosófica e absurda, que menciono aqui por simples curiosidade. Disse a mim mesmo que, segundo Empédocles, os quatro elementos primordiais da natureza eram o ar, a água, a terra e o fogo. Todos eles estão ligados à origem da vida e à sobrevivência da nossa espécie. Com o ar estamos permanentemente em contato, porque o respiramos, expelimos, condicionamos. Com a água também, porque a bebemos, desfrutamos dela em exercícios de natação ou subaquáticos e nos lavamos. Com a terra é a mesma coisa, porque pisamos nela e também a cultivamos e moldamos com nossas mãos. Mas com o fogo não podemos ter uma relação direta. O fogo é o único dos quatro elementos empedoclianos que nos intimida, porque sua proximidade ou seu contato nos fere.

A única maneira de conectar-nos com ele é graças a um mediador. E esse mediador é o cigarro. O cigarro nos permite comunicar-nos com o fogo sem ser consumidos por ele. O fogo está numa ponta do cigarro e nós, na outra. E a prova da intimidade desse contato é que o cigarro queima, mas é a nossa boca que expele a fumaça. Graças à sua invenção, completamos nossa necessidade ancestral de reconectar-nos com os quatro elementos originais da vida. Essa relação foi sacralizada pelos povos primitivos em vários cultos religiosos, terrestres ou aquáticos e, em relação ao fogo, em cultos solares. O sol era adorado porque encarnava o fogo e seus dois atributos, a luz e o calor. Secularizados e incrédulos, nós atualmente só podemos homenagear o fogo graças ao cigarro. O cigarro seria assim um sucedâneo da antiga divindade solar, e o ato de fumar, uma forma de perpetuar seu culto. Uma religião, em suma, por mais banal que possa parecer. Por isso largar o cigarro é um ato grave e lancinante, quase uma abjuração.

A faca do dr. Dupont era a minha espada de Dâmocles, com a diferença de que na minha cabeça, sim, ela caiu. Isso foi anos depois, quando o Marlboro e seu estúpido jogo de palavras — rolo, bar, ralo, lar, rabo etc. — tinham sido substituídos pelo Dunhill no seu lindo invólucro bordô com um filete dourado. Eu estava em Cannes nessa época, fazendo um novo tratamento para me libertar do cigarro depois da mais recente temporada no hospital. Dupont tinha me decretado lazer, esporte e descanso, receita que minha mulher, transformada na guardiã mais zelosa da minha saúde e extirpadora do meu vício, se encarregou de aplicar e controlar escrupulosamente. Eu preenchia meus dias com uma corrida matinal, banhos de sol e de mar, longas sestas, remo em bote de borracha e bicicleta crepuscular. Tudo isso combinado com refeições saudáveis e atividades espirituais, mas de baixo perfil, como jogar paciência, ler romances de espionagem e ver novelas na televisão. Essa programação não deixava nenhuma fresta por onde pudesse penetrar um cigarro, ainda mais porque minha mulher nunca se distraía. Um mês depois eu estava bronzeado, robusto, saudável e até diria bonito. Mas no fundo, bem lá no fundo, me sentia insatisfeito, inquieto, às vezes incrivelmente triste. De que me adiantava sentir melhor a pureza do ar marinho, o perfume das flores e o sabor da comida, se era a minha própria existência que se tornara insípida?

Um dia não aguentei mais. Convenci minha mulher de que iria sempre à praia uma hora antes dela e do meu filho, para aproveitar mais os benefícios daquela vida salutar e recreativa. No caminho comprei um maço de Dunhill e, como era arriscado tê-lo comigo ou esconder em casa, descobri um canto isolado da praia, cavei um buraco, meti os cigarros lá dentro, cobri de areia e pus uma pedra ovalada em cima para marcar. Assim, de manhã bem cedo eu saía de casa com passos atléticos, ante o olhar atônito da minha mulher, que, orgulhosa da minha disposição desportiva, me observava da varanda sem desconfiar que o objetivo daquela atividade não era melhorar minha forma ou bater algum recorde, mas chegar o mais rápido possível àquele buraco na areia. Eu desenterrava o maço e fumava dois ou três cigarros, devagar, concentrado e até ansioso, porque sabia que eles seriam os únicos do dia. Esse estratagema, admito, logrou satisfazer meus gostos e lisonjear minha inteligência, mas me rebaixou diante da minha própria consideração, pois eu tinha consciência de estar violando minhas promessas e traindo a confiança da minha mulher. Sem falar que aquele plano não estava livre de imprevistos, como na manhã em que cheguei ao meu reduto e não encontrei a pedra oval. O funcionário encarregado de rastelar e limpar a praia tinha sido substituído por outro mais diligente, que não deixou na areia uma única pedrinha. Cavouquei de um lado, de outro, mas não encontrei meus cigarros. Por isso resolvi comprar cinco maços e fazer cinco buracos e pôr cinco marcas e deixar cinco probabilidades abertas para a minha paixão.

Quando a gente quer contar as coisas tim-tim por tim-tim, não termina nunca. Tudo tem de ter um fim. É por isso que me proponho agora a concluir esta confissão.

Aqui entramos na parte mais dramática do caso, com o reaparecimento do dr. Dupont, suas sondas e sermões e, acima de tudo, sua faca premonitória. Mal ou bem, apesar das minhas doenças e dos problemas ligados ao tabagismo, consegui conviver com tudo isso e tocar a vida, como se diz, sem abrir mão das minhas baforadas. Até o dia em que fui vítima de uma doença da qual nunca tinha padecido: a comida entalava na minha garganta e eu não conseguia engolir nada. A coisa ficou tão frequente que fui consultar o dr. Dupont, dessa vez não de ambulância, para variar um pouco. Dupont ficou preocupado e me internou no hospital para submeter-me a novos e complicados exames; alguns dias depois, sem explicações muito claras, me vi numa maca, sendo empurrado para a sala de cirurgia. Acordei sete horas mais tarde, cortado como um animal e costurado como uma boneca de pano. Tubos, catéteres e agulhas saíam de todos os orifícios do meu corpo. Tinham removido parte do meu duodeno, quase todo o estômago e um bom pedaço do esôfago.

Prefiro não me lembrar das semanas que passei no hospital, alimentado pelas veias e depois com uns mingaus que me davam em colheradas. Nem da segunda operação, porque Dupont se esqueceu de cortar alguma coisa e me abriu de novo pela mesma via, aproveitando que o desenho já estava traçado na pele. Mas preciso falar um pouco sobre a instituição para onde me mandaram, quase transformado num farrapo humano depois daquelas intervenções tão violentas, para a convalescença.

Chamava-se Clínica Dietética e de Recuperação Pós-Operatória e ficava nos arredores de Paris, no meio de um vasto e belíssimo parque. Os quartos eram bem espaçosos e tinham banheiro, varanda, televisão e telefone. Iam para lá pessoas que tinham sido submetidas a operações sérias no aparelho digestivo, para reaprenderem a comer, digerir e assimilar os alimentos até recuperarem a massa muscular e o peso perdidos. Passei as duas primeiras semanas sem me levantar da cama. Continuava a me alimentar de líquidos e maçarocas de milho, e diariamente um robusto fisioterapeuta vinha massagear as minhas pernas, me fazia levantar umas barras pequenas com os braços e, com a respiração, umas almofadas de areia cada vez mais pesadas que punha sobre o meu peito. Graças a isso, consegui finalmente me levantar e dar alguns passos em volta do quarto, até que um dia a enfermeira-chefe me anunciou que eu estava pronto para me submeter ao controle cotidiano.

Que controle era esse só fui descobrir no dia seguinte, quando vieram me buscar antes do café da manhã. Foi a minha primeira saída do quarto e meu primeiro contato com os demais hóspedes da clínica. Uma visão horrenda! Conheci uma legião de seres exaustos, tristes e macilentos, de pijama e chinelo como eu, fazendo fila diante de uma balança romana. Uma enfermeira os pesava e outra anotava o resultado num volumoso livro de registros. Depois eles se arrastavam penosamente pelos corredores e desapareciam nos seus quartos pelo resto do dia.

O horror foi seguido por uma reflexão: onde diabos eu tinha ido parar? O que aquele arremedo de albergue rural habitado por fantasmas tentava esconder? Nas sessões seguintes, achei que tinha vislumbrado a realidade. Aquilo não podia ser uma clínica, era o prelúdio do irreparável. Mandavam para aquele lugar os enjeitados pela ciência para que, entre árvores e flores, vivessem seus últimos dias num cenário de férias. A pesagem era só o último teste que permitia verificar se ainda havia a possibilidade de um milagre. O doente que aumentasse de peso era aquele que, entre cem, mil ou mais, tinha esperanças de sair vivo de lá.

Confirmei essa suspeita quando dois vizinhos de corredor pararam de vir à pesagem, e mais tarde fiquei sabendo por uma conversa entre as enfermeiras que eles tinham "se extinguido docemente". Aquilo redobrou minha aflição, o que me impedia de comer e, por consequência, de ganhar peso. Os pratos que me traziam, insípidos e pastosos, eu jogava na privada ou embrulhava em lencinhos de papel para colocar na lata de lixo. Minha mulher e alguns amigos fiéis me visitavam à tarde e faziam o impossível, com uma fibra admirável, para não parecerem preocupados. Mas alguns gestos os traíam. Minha mulher me trouxe um finíssimo pijama de seda, que com um raciocínio torturante interpretei como "Se você tem que morrer, pelo menos que seja com um pijama Pierre Cardin". Alguns amigos insistiam em tirar fotos, e nesses momentos eu entendia que eram fotos póstumas, aquelas que eu não chegaria a ver coladas em nenhum álbum de família.

Portanto, eu estava morrendo, ou melhor, "me extinguindo docemente", como diriam as enfermeiras. Todos os dias eu perdia mais alguns gramas de peso e me cansava mais quando ia para o teste da balança. O chefe da clínica veio me ver e, como última medida, mandou que me alimentassem à força. Enfiaram uma sonda de borracha pelo meu nariz e por ali, com um enorme êmbolo, alimentos moídos eram disparados no meu estômago. Eu tinha de ficar o tempo todo com aquela sonda, com sua extremidade visível colada na testa com um esparadrapo. Era tão horrível que dois dias depois arranquei-a e joguei-a no chão. O chefe da clínica voltou para me dar um sermão e, como eu não quis que a pusessem de volta, saiu dali irritado, dizendo: "Por mim, tanto faz. Mas você não vai sair daqui até ganhar peso. A responsabilidade é toda sua".

Nunca mais vi aquele imbecil, o que vi foram uns seres hirsutos, sujos e sem camisa que foram surgindo de trás dos arbustos que eu podia divisar da minha cama, através dos janelões. Atrás daqueles arbustos estavam construindo um novo pavilhão e, como já tinham erguido o primeiro andar, os operários e seu trabalho eram visíveis do meu quarto. Por sua pele citrina deduzi que vinham de lugares quentes e pobres, Andaluzia, sul de Portugal, norte da África. O que me surpreendeu primeiro foi a velocidade e a variedade dos seus movimentos. Apareciam e desapareciam com tijolos, sacos de cimento, baldes de água, instrumentos de alvenaria, num vaivém contínuo, sem tropeços nem improvisações. Imaginei o esforço que eles estavam fazendo e, numa espécie de substituição mental, me senti terrivelmente cansado, a ponto de ter de fechar as persianas. Mas abri de novo ao meio-dia e descobri que aqueles homens, que eu supunha derrotados pelo cansaço, estavam rindo e se interpelando, sentados em círculo no teto da construção, comunicando-se com gestos amplos. Era hora do almoço, e das suas marmitas e sacos plásticos haviam tirado alimentos que engoliam com avidez e garrafas de vinho que bebiam do gargalo. Aqueles homens aparentemente eram felizes. E isso pelo menos por uma razão: porque encarnavam o mundo dos saudáveis, e nós, o mundo dos doentes. Senti então algo que havia sentido poucas vezes na vida, inveja, e disse a mim mesmo que meus quinze ou vinte anos de leitura e escrita de nada me serviam, isolado como estava entre os moribundos, enquanto aqueles homens simples e iletrados pareciam solidamente implantados na vida, que lhes proporcionava os prazeres mais elementares. E a minha inveja se multiplicou quando os vi, no fim da refeição, pegando seus maços, tabaqueiras e papel de enrolar e acendendo seus cigarros à guisa de sobremesa.

Essa visão me salvou. Foi a partir desse momento que se acendeu em mim a faísca que mobilizou toda a minha inteligência e a minha vontade de sair daquela prostração e, consequentemente, daquele confinamento. Só pensava em me reintegrar à vida, por mais cotidiana que fosse, sem nenhum outro desejo ou ambição além de poder, como os peões da obra, comer, beber, fumar e desfrutar das recompensas de um homem comum, mas saudável. Para isso era imprescindível superar o teste da balança; como achava impossível comer naquele lugar, e aquela comida, recorri a um ardil. Toda manhã colocava algumas moedas de 1 franco nos bolsos do pijama antes de ir me pesar. Aos poucos fui acrescentando moedas de 5 francos, maiores e mais pesadas, que trocava com o jornaleiro. Dessa maneira consegui aumentar algumas centenas de gramas, o que ainda não era suficiente nem comprobatório. Então pedi à minha mulher que trouxesse de casa um jogo completo de talheres, alegando que com eles eu talvez pudesse me alimentar melhor que com aqueles toscos da clínica. Eram os sólidos e caros talheres de prata que minha mulher comprara num momento de delírio, apesar da minha oposição, e que agora, desviando-se do seu destino, tinham se tornado verdadeiramente preciosos. Como não podia escondê-los no bolso, eu os enfiava nas meias, começando pela colherzinha de café e progredindo até chegar à colher de sopa. Uma semana depois tinha recuperado 2 quilos, e mais ainda quando costurei uns talheres de peixe na cueca. As enfermeiras ficaram assombradas com aquela recuperação que não combinava com minha aparência. Um médico me visitou, conferiu os boletins de peso, me examinou e interrogou, e alguns dias depois a direção me deu a autorização de saída. Horas antes de minha mulher ir me buscar de táxi, eu já estava de pé, vestido, observando mais uma vez pela janela os peões que, ágeis, intangíveis, aéreos e eu diria angelicais, terminavam de erguer o segundo andar daquele novo pavilhão para os desenganados.

Não preciso dizer que uma semana depois de sair da clínica eu podia me alimentar de forma moderada, mas com apetite; um mês depois já tomava uma taça de vinho tinto nas refeições; e pouco mais tarde, comemorando meu quadragésimo aniversário, acendi o primeiro cigarro, com a aquiescência da minha mulher e os aplausos indulgentes dos amigos. Depois desse cigarro se seguiram outros, outros e mais outros, até este que estou fumando agora, quinze anos depois, enquanto tento terminar esta história na varanda de uma casinha na Via Tragara, contemplando a enseada de Marina Piccola aos meus pés, protegida pelo íngreme monte Solaro. Vinte séculos atrás, o imperador Augusto estabeleceu aqui sua residência de verão, Tibério morou dez anos na área e construiu dez palácios. É verdade que nenhum dos dois fumava, de maneira que não têm nada a ver com o assunto, mas quem fumou foi o Vesúvio, e com tanta paixão que a fumaça e as cinzas cobriram os vinhedos e as moradias da ilha, e Capri entrou num longo período de decadência.

Acendo outro cigarro e digo a mim mesmo que é hora de pôr o ponto-final neste relato, cuja escrita me custou tantas horas de trabalho e tantos cigarros. Não tenho intenção de chegar aqui a uma conclusão ou extrair alguma moral. Por mim, podem considerar este texto um elogio ou uma diatribe contra o fumo, tanto faz. Não sou um moralista nem um desmoralizador, como Flaubert gostava de se chamar. E, agora que me lembro, Flaubert era um fumante inveterado, a ponto de ter os dentes cariados e o bigode amarelo. Assim como Górki, que também morou nesta ilha. E Hemingway, que, embora não tenha estado aqui, morava numa ilha do Caribe. Há um vínculo estreito entre os escritores e os fumantes, como disse no início, mas não haverá também entre os fumantes e as ilhas? Abro mão dessa nova digressão, por mais virgem que seja a ilha aonde ela me leve. E também vejo com preocupação que só me resta um cigarro, portanto me despeço dos leitores e vou para a cidade buscar um maço.

Ausente por tempo indeterminado

Um dia, Mario acordou com a dolorosa consciência de estar desperdiçando sua vida. Havia pelo menos dois anos que se deitava ao amanhecer, depois de ter rodado com os amigos por bares, tavernas, festas e tertúlias. Desde que terminara a universidade, vinha afundando nas areias movediças da boemia de Lima, uma irmandade noturna, errante e suicida formada por artistas de todas as condições que se deleitavam em adiar eternamente o momento de criar sua grande obra e se esfalfavam para destruir a possibilidade de realizá-la – como se preferissem, em vez de enfrentar os riscos de um triunfo solitário, perecer unidos no mesmo naufrágio.

Mario, em particular, era o mais vulnerável de todos. Não trabalhava, porque a mãe lhe dera um adiantamento da sua herança que lhe permitia arcar, ainda que modestamente, com seus ócios, prazeres e companhias. Era solteiro, portanto não tinha esposa nem filhos a quem prestar contas. E morava sozinho num apartamento em Miraflores, muito pequeno mas tão acolhedor e acessível que os notívagos convergiam para lá como um porto de embarque onde, entornando uns copos, esperavam a noite passar.

Por isso, Mario não tinha escrito nada depois de um livro de contos juvenis que lhe rendeu a qualificação de "promessa literária" quando foi publicado. Nada, tirando a primeira página de um romance, relida e corrigida mil vezes, mas que continuava no rolo da sua máquina, porque nunca tivera o tempo, a paz ou a vontade necessários para prosseguir. Essa página admonitória, acusatória, era a prova da sua infertilidade, o testemunho da sua dissipação, mas acima de tudo a causa da sua dor de consciência.

O único remédio para essa situação era fugir, mas para onde? Mario às vezes sonhava com uma praia distante, deserta, cinzenta, para a qual levaria sua máquina Olympia, alguns livros, seu manuscrito, talvez o toca-discos, e onde não faria nada além de tomar sol, nadar, pescar e escrever. Essa praia dos sonhos devia existir no imenso litoral peruano, mas os lugares seguros, aqueles que o deixariam a salvo de todos os perseguidores, estavam muito distantes, e, embora Mario adorasse estar em outros lugares, detestava viajar. Uma pequena aldeia na serra também não era má ideia, havia centenas espalhadas na cordilheira. Mas ele passava mal com a altitude e, como todo homem do litoral, as altas montanhas andinas que fechavam o horizonte o sufocavam. Quanto a ir para o exterior, era impensável. Depois daqueles dois anos de boemia, seu escasso capital estava à beira da extinção.

Uma manhã, enquanto comia um ceviche no cais dos pescadores em Chorrillos, depois de uma noite louca de bebida e estrepolias, teve uma iluminação. Alguém estava falando sobre Poe e seu conto "A carta roubada". Mario entendeu nesse momento que o refúgio ideal não era uma praia perdida nem um país estrangeiro, e sim algo mais simples, um lugar insuspeito por ficar perto. E então pensou no hotel da Estação, em Chosica, a 30 quilômetros de Lima. Todo mundo conhecia e reverenciava o lugar, mas ninguém pensaria em se refugiar lá, porque estava praticamente em ruínas e ameaçado de demolição fazia tempo.

Sua época dourada, quando a estrada de ferro era o único acesso às montanhas, já ficara na lembrança. Desde que construíram a rodovia, não tinha mais movimento, só paravam lá os trens que traziam minério das montanhas e um vagão que vinha de Lima aos domingos.

Mario tomou o cuidado de não falar nada com os amigos, mas dias depois meteu na mala sua máquina portátil, um pouco de roupa, sua página inacabada, centenas de folhas em branco – e desapareceu rumo a Chosica, deixando na porta do seu apartamento um cartão com esta mensagem: AUSENTE POR TEMPO INDETERMINADO.

Descrever o hotel da Estação mereceria um aparte balzaquiano. Todos sabemos que Balzac, no meio da ação mais galopante, de repente faz um parêntese e diz algo assim: "Acho que chegou a hora de o leitor conhecer o salão da marquesa X". E durante quarenta páginas nos descreve sadicamente cada bibelô, móvel, quadro, tapete ou cortina. Nesses casos, o melhor a fazer é seguir por um passadiço e não entrar no salão. O leitor pode, caso não queira, nem sequer entrar no hotel. Mas Mario e eu temos de fazer isso.

Para chegar lá, uma vez em Chosica, era preciso atravessar o rio por uma ponte de ferro e, depois, os trilhos do trem. A vasta construção de madeira de dois andares dava para a plataforma da estação e era pintada de um verde desbotado. No térreo ficavam a recepção, o bar, o refeitório e uma sucessão de cômodos amplos, que devem ter sido antigos salões, pois ainda tinham uma ou outra poltrona estripada, mesas bambas, espelhos embaçados e vasos com plantas secas. A luz penetrava por amplas janelas de vidro colorido, dando uma dimensão metafísica àqueles espaços desabitados. O andar de cima tinha uma sacada com suportes ao longo de toda a fachada, para onde se abriam as portas dos vinte ou trinta quartos. Esses quartos eram enormes, com pisos de madeira encerada, camas muito largas dotadas de varetas e acabamentos de bronze, armários imponentes com espelhos biselados e, para a higiene, uma bacia, um jarro e um balde de louça branca lascados. Da sacada se viam os trilhos, o rio, as velhas casas de Chosica e, ao fundo, os morros pardos, baldios, do vale.

Os primeiros dias que passou no hotel foram de descanso e reconhecimento. Como ele era o único hóspede, todo o estabelecimento e seus anexos estavam à sua inteira disposição, bem como meia dúzia de garçons e camareiros que passavam a maior parte do dia parados, com um inútil guardanapo ou vassoura na mão, e que o desemprego persistente havia convertido em seres quase atemporais, alegóricos, como personagens de um quadro cujo nome poderia ser *Interior de um hotel campestre*. Mario gostava de passear pela galeria do primeiro andar ouvindo a voz do Rímac e olhando as montanhas lisas do vale. Gostava também de ir ao jardim, um lugar romântico e abandonado cujo único habitante era uma gigantesca tartaruga que rastejava a duras penas no fundo de uma piscina seca. Mas o que mais o atraía era o refeitório de verão, que ficava atrás do prédio, uma extensa área protegida do sol por um caramanchão com vasos de plantas e flores exóticas pendurados nas vigas. Ele almoçava lá, cada dia em uma das inúmeras mesas solitárias, sem se importar com a lentidão do serviço que, por falta de uso, precisava ser improvisado diariamente.

O único lugar do hotel onde havia alguma animação era o bar. Durante o dia ficava deserto, mas ao pôr do sol alguns velhos do lugar iam lá beber alguma coisa, e à noite um pequeno grupo de apreciadores ia jogar baralho ou dados com o proprietário. Este era um italiano baixinho, mas muito distinto e gentil, que continuava tocando aquele lugar mais pelo prazer que pelo negócio. Ele sabia perfeitamente que seu hotel tinha ido a pique, mas teimava em ficar lá e fazer daquele bar um lugar prazenteiro, gratificante, onde passava deliciosamente sua velhice sem se importar com dívidas, contratempos nem ameaças, como um príncipe toscano que continuasse presidindo noitadas agradáveis numa cidade sitiada pelo inimigo. Mario quase não se atrevia a entrar naquele lugar, por medo de encontrar um conhecido ou ceder à tentação de fazer novas amizades, com toda a sequela de drinques, papos e compromissos.

Assim como o bar durante a noite, em alguns domingos o hotel recuperava seu antigo esplendor. Tanto de Lima, no vagão, como de Chosica, a pé, chegavam grupos de amigos ou famílias para tomar um aperitivo, almoçar ou simplesmente visitar o local. Então os garçons saíam da sua letargia e, com bandejas na palma da mão cheias de taças ou pratos fumegantes, trotavam desajeitados entre as mesas, com seus paletós brancos e suas gravatas-borboleta. Nesses dias Mario não saía do quarto, no máximo dava umas olhadas furtivas naquele tumulto pela sacada ou pelo vão da escada.

Mas houve um dia de semana que foi diferente. Por alguma razão desconhecida, deram um almoço de casamento no hotel. Uma caravana barulhenta chegou ao meio-dia em vários carros, e do mais vistoso deles desceu o casal de noivos, em trajes de cerimônia, seguido pelos padrinhos e convidados. No bar, continuaram a beber o champanhe que tinham aberto na sacristia e depois foram para o refeitório de verão, onde Mario tinha acabado de pedir o menu, intrigado com a mesa comprida coberta com uma toalha branca que haviam montado numa extremidade. O noivo era um gordinho careca, cinquentão, muito baixo e cerimonioso, com jeito de tabelião de algum município remoto ou diretor de uma firma pequena, mas com possibilidades de expansão. A noiva era muito mais jovem, razoavelmente bonita e com uma reserva de vulgaridade que extravasava ao menor descuido. Pequeno-burgueses, em suma, que acharam simpático fazer sua comemoração naquele lugar. Mario também notou que era um casamento por interesse, e não por paixão: aquela moça tinha vislumbrado sua chance naquele tabelião, a oportunidade de pousar seus gananciosos pezinhos numa escala social mais confortável. Desde o momento em que se sentaram à mesa, a noiva ficou de um lado para outro, conversando e brincando com os convidados, menos com o marido, até que a certa altura Mario percebeu que sua situação de comensal isolado a deixava intrigada. Durante o almoço, protegida pela animação e pelo burburinho, ela lhe lançou olhares primeiro dissimulados, depois francos e quase insolentes, e por fim ousou levantar a taça e fazer-lhe um brinde.

Depois do almoço, ouviu-se a música de uma jukebox e a dança começou. Mario, que já tinha tomado o café, não saiu como fazia sempre para fumar seu cigarro no jardim, decidiu ficar ali. A noiva dançava sucessivamente com todos os homens do grupo e ao girar continuava sorrindo para Mario, que acabou se sentindo desconfortável com aquela situação e foi para o andar de cima. Assim que se apoiou no parapeito da sacada para dar suas últimas baforadas antes da sesta, ouviu passos na escada e nesse momento viu a noiva aparecer na galeria, segurando com a mão a saia rodada do seu vestido longo. Mario deixou a ponta do cigarro cair no chão. A noiva percorreu um trecho da galeria, voltou um pouco e afinal ficou parada. Como Mario se limitava a observá-la, ela foi resolutamente até onde ele estava e lhe perguntou onde ficava o banheiro. Mario lhe explicou que era embaixo, ao lado do bar, mas que ali em cima havia outro menor. Levou-a até lá e voltou para seu ponto de partida, em frente à porta aberta do seu quarto. Pouco depois, a noiva saiu do banheiro e, em vez de descer, apoiou uma das mãos no parapeito e acariciou a testa com a outra.

— Que cansaço! Que dia! – exclamou, virando-se para Mario: — Toque nos meus dedos. Veja como estão suando.

Mario viu que ela lhe oferecia as mãos com as palmas viradas para cima. Na sua boca distinguiu um sorriso hesitante, vagamente culpado. Quando já estava prestes a ceder ao convite, ouviu vozes na escada: uns amigos tinham ido buscá-la e a levaram para baixo entre risadas e censuras. Mario entrou no quarto. "A noiva roubada", disse para si mesmo. E arquivou a cena na sua reserva de relatos que nunca chegaria a escrever.

Dias depois, finalmente conseguiu o ímpeto necessário para continuar o livro. Para sua surpresa, aquela primeira página que tanto o fizera penar agora lhe parecia excelente, abria perspectivas deslumbrantes, e de repente se viu em pleno trabalho de criação. De manhã, depois do café, levava sua máquina para o refeitório de verão e, envolto pelo aroma do jardim de vasos pendurados, escrevia sem parar até meio-dia. De tarde, depois da sesta, trabalhava no quarto, com as portas abertas de par em par, ouvindo o fluir do rio e o murmúrio longínquo dos carros que iam e vinham pela rodovia central. E ao anoitecer descia, ia até o jardim da tartaruga ou, às vezes, até as margens do Rímac, onde andava entre os cantos dos grilos e corujas antes de voltar ao hotel para jantar e dormir.

Graças a essa disciplina, o romance progrediu. Mario estava convencido de ter encontrado não apenas as linhas de força da sua história, mas também a verve criativa da primeira juventude. Tudo fluía fácil e jubilosamente, sem obstáculos nem hesitações. O próprio tema, repleto de personagens e fatos históricos, lhe permitia usar uma linguagem densa, às vezes exagerada, que lançava mão de todas as figuras da retórica clássica e todas as inovações da sua fantasia gramatical. Vislumbrou rapidamente o fim, que deveria ser uma espécie de coda sinfônica, beethoveniana, na qual os diversos temas e ritmos se entrecruzam e se fundem num castelo de fogo, deixando o leitor deslumbrado com tamanha magnificência.

Essa facilidade o alarmou e, antes de partir para o desenlace, resolveu fazer uma pausa para recarregar as energias e comemorar a tarefa cumprida. Achou que a melhor ideia naquele dia era abrir mão da cozinha do hotel e almoçar num restaurante no povoado. Intrepidamente atravessou a ponte em busca de algum lugar atraente. Depois de titubear um pouco, encontrou um restaurante com uma varanda fresca dando para o rio.

Mal tinha se instalado diante de uma sopa de mariscos, um jovem se levantou de uma mesa distante e se aproximou de braços abertos. Era um colega de faculdade que não via fazia anos. Imediatamente começaram as lembranças dos tempos de estudantes, e concluíram que era uma idiotice almoçar separados. Para comemorar o reencontro, Oswaldo sugeriu substituir a água mineral por uma garrafa de vinho. Bastou vê-la aberta sobre a mesa para que Mario percebesse o erro irreparável que tinha cometido. Aquela garrafa era o prelúdio de outras que o levariam a qualquer lugar, menos à preservação daquele estado de graça criadora que tinha conquistado com tanto esforço. Pensou em escapulir com algum pretexto, mas Oswaldo era tão espirituoso, o primeiro copo de vinho tão saboroso, fazia tanto tempo que não conversava com ninguém e o lugar era tão sedutor que acabou ficando. Ainda por cima, Oswaldo tinha abandonado o curso de Direito para se dedicar à literatura, o que redobrou o atrativo do encontro. Embarcaram no mesmo instante numa conversa literária tentacular, dessas que abrangem a história universal da escrita. Homero, Virgílio e Dante foram as pedras angulares de um edifício de autores e livros que iam construindo enquanto esvaziavam as taças e acendiam cigarros, a ponto de se encontrarem, ao anoitecer, no topo de uma pirâmide em que brilhavam suas próprias obras e as dos seus amigos, as quais discutiam com a mesma paixão que as obras de Shakespeare ou Goethe. Na realidade, tinham entrado no campo minado da embriaguez, onde tudo é repetição, incoerência e esquecimento. Um garçom diligente veio avisar-lhes que estavam fechando.

Oswaldo, que morava em Chosica, sentiu-se na obrigação de pagar a conta e lhe mostrar as curiosidades da cidade. Eram apenas uns velhos casarões que em outro momento poderiam ter encantado Mario, não pela sua magnificência, mas por aquele ar decrépito e antiquado que tanto o atraía. Mas para Oswaldo as melhores curiosidades eram os arredores do povoado, para onde foi levando Mario através de pomares e descampados, até chegar a ruas não pavimentadas, cheias de biroscas e barracos de adobe, insolitamente barulhentas e animadas àquela hora em que o resto da cidade dormia, povoadas de vagabundos, bêbados e meliantes. Mais tarde, Mario só se lembrou da travessa de lombinho acebolado que puseram à sua frente e das garrafas de cerveja que alguém ia empilhando na mesa e do rosto de Oswaldo suado, tenso, contando-lhe fanaticamente, sem omitir nenhum detalhe, os cinquenta capítulos do romance que pretendia escrever.

Mario acordou muito tarde, amargurado, com o moral lá embaixo. Não só por ter sucumbido à tentação de uma noite com boa companhia, papo e bebida, mas também por causa do perigo que via pairando sobre sua vida. Oswaldo, como vagamente lembrava, tinha prometido vir buscá-lo todos os dias para continuar "falando de literatura", frase que em si mesma era inócua, mas que, dado o contexto, implicava a destruição da literatura. Por isso, determinou aos funcionários da recepção que dissessem a qualquer pessoa que ele não estava e se trancou no quarto, sem aparecer mais no andar de baixo. Viu, pela janela, duas vezes Oswaldo atravessando animado a ponte e voltando de cabeça baixa. Na segunda, encontrou no seu escaninho uma mensagem em que Oswaldo se despedia dele, pois tinha de voltar a Lima por umas semanas. Isso o tranquilizou por um tempo, mas depois um pensamento o perturbou: Oswaldo não frequentava a sua turma, mas tinham amigos comuns, intermediários indiscretos, que não deixariam de revelar o lugar onde ele estava confinado. Isso o fez redobrar as advertências na recepção e prolongar seu confinamento, atento a cada sombra que atravessava a ponte, a cada passo na galeria.

Depois de alguns dias, como nada acontecia, deixou seus temores de lado e conseguiu reiniciar o trabalho. Escrevia arrastado por uma força aluvial, sem parar um instante para respirar. Chegou a um estado tal de evanescência, de desencarnação, que o fez ver a realidade como se fosse um sonho, e seu livro como a verdadeira realidade. Mais tarde teria tempo para dar ordem e simetria àquela torrente que fluía, o importante agora era botar para fora tudo o que seu ser continha e não desperdiçar nenhuma das proposições da sua inspiração ardente. Lá fora o mundo podia desdobrar todos os seus feitiços, mas entre as quatro paredes do seu quarto ele criava um mundo paralelo, tão verdadeiro e intenso quanto o outro, e talvez mais bonito e duradouro. Aquilo era, não havia dúvida, literatura.

O tempo mudou. De manhã, uma bruma fina invadia o estreito vale para se dissipar antes do meio-dia, e à noite vinha um ar fresco das alturas. Os garçons trocaram o paletó branco por um preto com lapelas sedosas e começaram a servir sopa em vez de salada. Mas Mario estava mergulhado demais no trabalho para perceber esses detalhes. Tinha certeza, agora sim, de que ia chegar ao fim da sua obra, ao vórtice em que os motivos e acordes se uniam numa vistosa coroa flamejante. Um dia antes de escrever o final, suspendeu o trabalho e decidiu ir para a cama cedo e concluir sua obra descansado e lúcido no dia seguinte.

Um barulho estranho acordou-o no meio da madrugada. Algo assim como uma martelada numa mesa de madeira. Ficou tenso por um momento, mas, como não se repetiu, pousou novamente a cabeça no travesseiro. Depois não era mais o martelo na mesa, e sim um som de vidro estilhaçando. Pulou da cama, cruzou o quarto sentindo no pé descalço a fisgada de algo afiado e, abrindo a porta, olhou para a sacada.

Estavam todos na plataforma da estação, todos eles. Sob a luz cristalina da aurora, imóveis, com os olhos fixos na sacada, pareciam efígies que um trem fantasmal tinha abandonado ali. Nos primeiros segundos de silêncio, Mario registrou os detalhes daquela aparição. Paqui estava com as mãos nos bolsos, a cabeça inclinada em direção a um dos ombros e um cigarro fumegando nos lábios irônicos. Coco, muito teso, de braços cruzados sobre o peito robusto, mandíbula para a frente e pés bem juntos, como se aquilo fosse uma foto de família – foto que aquele modelo pouco natural tinha estragado para sempre. Felipe na certa acabara de dar um passo rodopiante de dança, aparecia numa posição desequilibrada, como se estivesse prestes a cair, mas sem cair, com uma mão para o alto e a outra dedilhando as cordas de uma guitarra invisível. Alfredo, o único que estava de terno, colete e gravata, havia tirado os óculos para limpá-los com um lenço. E Hernando fazia uma careta hilária, com os joelhos dobrados, e esticava um braço apontando para ele o indicador afiado, certamente o braço que tinha jogado as pedras.

E então irrompeu o grito unânime, aplausos, saudações, zombarias, cobranças. As figuras começaram a fazer movimentos convulsivos, como se estivessem improvisando uma dança triunfal. Mario ficou mudo, trêmulo. Do outro lado da ponte avistou o Volkswagen de Paqui, com as duas portas abertas e os faróis acesos. A bagunça parou, à espera de uma resposta, e Mario pôde reconhecer nos visitantes os sinais familiares de uma noite esticada em bares e bordéis: cabelos desgrenhados, caras pastosas, olhos incandescentes, gestos indecisos, e só conseguiu dar um berro que retumbou pela ravina: "Fora daqui!". Depois virou as costas e voltou para o quarto, batendo a porta. Pôs água na bacia, lavou o pé ferido e, enquanto o enfaixava com um lenço, olhou para fora através do vidro quebrado da janela. A turma ainda estava ali na plataforma, desconcertada. Felipe levou os dedos à boca e soltou um assobio estridente, Hernando procurava outro pedregulho na plataforma e o resto levitava, chamando-o pelo nome. Mario não se mexeu. Viu-os trocar algumas palavras, levantar os punhos ameaçadores em direção à sacada e recuar pela ponte em direção ao carro, virando a cabeça de vez em quando.

Nem nesse dia nem nos seguintes Mario conseguiu retomar o fio do relato. Não só pelo medo de que sua turma tentasse uma nova incursão, mas porque aquela visita, embora breve e malsucedida, tinha enchido seu espírito de imagens viciosas. Toda vez que se sentava em frente à máquina de escrever lhe vinham à mente não os personagens da sua fantasia, mas os atores daquela expedição matinal, que então recomeçavam o espetáculo, enriquecendo-o com variantes que ele não sabia se eram lembranças tardias ou elucubrações da sua imaginação: Hernando lhe fazia um gesto equívoco com o braço, Felipe dava um grotesco passo de balé, Alfredo tirava do bolso uma garrafa, Coco sacudia na mão um maço de papéis que sem dúvida continha o seu último poemário imortal.

A turma não voltou, certamente por despeito, ou para lhe demonstrar que o considerava um desertor, um vira-casaca miserável, mas o eco daquele episódio continuou vibrando no seu espírito. Para se livrar daquilo, Mario decidiu mudar de cenário e foi se sentar desde bem cedo, como fazia quando chegou, no refeitório de verão. Mas ali havia um novo perigo à espreita: nessa época do ano, os limenhos que tinham casa no bairro alto de Chosica vinham passar o inverno. A única forma de chegar a esse lugar era atravessando o hotel, de modo que ao longo do dia havia um trânsito permanente de pessoas que entravam pela porta principal, atravessavam a recepção e o refeitório de verão e desapareciam pela saída de trás, nunca sem antes parar para olhar desconcertados aquele forasteiro meditando na sala deserta em frente a uma página em branco. Diante da impossibilidade de se concentrar e do medo de ser reconhecido e abordado por alguém, Mario achou melhor isolar-se de novo no quarto.

Uma sensação de lassidão, de desânimo, foi tomando conta dele, e era ainda mais lancinante por faltarem tão poucas páginas para concluir sua obra. Alguma coisa tinha se quebrado ou afrouxado por dentro, sua mente vagava por um terreno desértico esbarrando a cada instante nas ossadas das mesmas ideias ou figuras mortas. Apesar disso, continuou teimosamente diante da máquina de escrever, relendo sem descanso a frase inacabada, que para ele era como uma fissura através da qual todo o livro se precipitava no vazio, até que um dia lhe ocorreu por acaso uma palavra, uma única palavra, que lhe permitiu enlaçar o interrompido com o relatado. Captando-a no ar, usou essa palavra como ponto de apoio e, em poucos dias de esforço extenuante e uma tensão quase dolorosa, conseguiu amarrar todas as pontas soltas e entendeu que o último acorde finalmente havia soado e que nada mais lhe restava além de escrever, assim com maiúsculas, a palavra "FIM".

A sensação de alívio, paz e desvanecimento que teve foi semelhante à de Deus depois da criação. Enfiou o manuscrito numa pasta, deixou a releitura e a correção para mais tarde e se dedicou a descansar e gozar placidamente do seu entorno. Como o inverno estava acabando, aproveitou para passear pela margem do rio, entre taquaras e rochas erráticas. Nos restaurantes da cidade, regalou-se com refeições magníficas. Certas tardes ia passear na praça, em cuja pérgula central faziam saraus aos sábados. E até se animou a visitar alguns lugares nas redondezas, como ruínas, pequenos vales nunca habitados, casarios suspensos nas encostas da ravina. Foi tão prazeroso esse lazer que pensou seriamente em se mudar para a região, talvez conseguisse comprar ou alugar uma chácara com casinha, onde poderia escrever as obras que já estava planejando e que, somadas à já concluída, lhe abririam as portas da glória.

Para isso precisava reforçar seu reduzido capital, e o único recurso que tinha era seu livro. Um concurso literário que pudesse ganhar, uma boa editora para lançá-lo, um produtor de cinema que comprasse os direitos. A arte não tinha nada a ver com dinheiro, em especial durante o processo de concepção e criação (tantas vezes ele tinha afirmado isso!), mas, uma vez que o trabalho estava concluído, entrava no circuito do comércio, adquiria um valor de câmbio e se tornava, como qualquer produto do esforço humano, um objeto de especulação.

De modo que uma manhã, superando uma espécie de indolência que o prendia ao ócio e esterilizava qualquer impulso que tivesse de revisar e passar a limpo aquelas centenas de páginas, abriu a pasta e começou a releitura. A primeira página o deslumbrou pela intensidade do tom e a riqueza da sua textura. Aos poucos, o caráter orquestral do livro ficou evidente para ele. Estava identificando os diferentes instrumentos da polifonia, os temas recorrentes, as mudanças de ritmo, os timbres dominantes. Foi avançando na leitura, maravilhado, até chegar a um ponto em que um ar glacial esfriou seu entusiasmo. Foi quando notou que o compasso se perdia, surgiam temas parasitários, a linha melódica parecia confusa, vozes desafinavam, surgia uma cantilena mal-ajambrada e tediosa, a massa sonora ficava estridente ou monótona – e o livro, já perto do desenlace, se emaranhava num contraponto caótico em que era impossível discernir cuidado, razão, brilho, arte ou grandeza. Sim, era uma obra sinfônica, ele já sabia, mas parecia ser regida pelo tambor-mor da banda da aldeia.

Mario ficou arrasado. Perguntou a si mesmo o que tinha acontecido, por que um livro escrito com tanto brio e otimismo havia resultado naquilo, que era tudo menos o livro sonhado. Sua decepção foi tão sufocante que se recusou a aceitá-la. Talvez, pensou, tivesse sido uma leitura malfeita. Sabia por experiência própria que não há duas leituras iguais, uma delas sempre pode estar viciada por fatores que escapam a qualquer controle. Esse raciocínio o levou a reler o manuscrito.

Mas essa nova leitura foi pior que a primeira, tanto que não teve coragem de terminá-la. As poucas dúvidas que lhe restavam se dissiparam: aquilo que tinha escrito era uma monstruosidade. Havia partes bem-feitas, é verdade, e de uma perfeição inatacável. Mas eram só partes! Uma obra existe, ele via agora, não pelos seus acertos esporádicos, mas pela persistência de uma tonalidade, ou seja, a presença de um estilo. E seu livro carecia completamente de estilo.

Dessa vez Mario caiu no desânimo total. Ficava o tempo todo fumando, deitado na cama ou apoiado no parapeito da sacada, olhando as serras lisas. Às vezes descia até o jardim, sem poder tirar da cabeça a certeza de que, se algo não tinha alternativa, era um fracasso. A tartaruga de 100 anos ainda estava na sua poça seca, girando com obstinação e se chocando contra a borda de pedra. De tanto observá-la, começou a ter uma intuição, era como se aquele animal fosse uma metáfora da sua vida, símbolo do confinamento estéril, da solidão inútil e do sacrifício sem recompensa. Talvez estivesse ali a resposta, uma das respostas: todos os seus males vinham do seu isolamento. Não era se afastando da vida, da sua vida, que viriam o ânimo, a inspiração e talvez até o talento, e sim assumindo plenamente essa vida, ainda que isso significasse sua própria destruição. Mas qual era essa vida?

Foi numa tarde, quando desceu entediado para o bar do hotel, que entendeu. Pediu uma água mineral no balcão enquanto observava com indiferença os convivas. Dom Carlo, o dono do hotel, estava lá com seus amigos, jogando cartas, conversando, rindo. Ao vê-lo servir, receber, com tanto calor, desinteresse e elegância, Mario pensou que havia entendido algo: que era possível levar uma vida criativa sem escrever uma linha. Dom Carlo era um criador, mas de algo tão fugidio e precioso como isso que estava ocorrendo diante dos seus olhos, o momento feliz. Aquele lugar deserto, pelo qual ninguém dava um centavo, se tornava graças a Dom Carlo um templo resplandecente onde os amigos que vinham todas as tardes se sentiam, por algumas horas, em contato com a eternidade, isto é, com o esquecimento.

Instantes depois, Mario estava no quarto. Jogou suas coisas na mala, desceu para a recepção, pagou a conta e pegou um táxi na estrada. Chegou a Miraflores ao anoitecer. Deixando a bagagem num canto, acendeu todas as luzes do apartamento, escancarou a porta e as janelas, pôs um disco na vitrola no último volume, serviu-se uma bebida e, sentando-se na sua poltrona, esperou os amigos.

Chá literário

Adelinda dirigiu-se à janela enquanto seu olhar percorria a sala pela enésima vez, verificando se tudo estava no lugar, os cinzeiros, a cigarreira, as flores e, sobretudo, os livros, mas não muito ostensivamente, como se tivessem chegado ali por acaso. Abriu a cortina e olhou para fora, mas só viu a grade e, atrás dela, a calçada deserta e a rua arborizada.

— Imagino que vocês leram *Tormenta de verão* – perguntou, voltando à mesinha central para pegar um cigarro.

— E você ainda pergunta! – disse dona Rosalba. — Para mim, é o melhor romance dele. Que estilo, que sensibilidade!

— Eu não diria que é um romance – disse dona Zarela –; para mim, é um poema. O nome disso é poema. Em prosa, tudo bem, mas é um poema.

— Aqui no jornal saiu a foto dele, junto com a entrevista. O que acha, tia, é parecido ou não?

Adelinda foi olhar de perto o jornal que Sofía lhe mostrava.

— Bem, um pouco... Deve ser uma foto recente. Na verdade, não o vejo há muitos anos, desde que ele era criança, com exceção de uma vez, quando veio a Lima passar alguns dias. Tem a mesma expressão, de qualquer maneira.

— Para 40 anos, não está nada mal – disse Sofía. — E viu o que ele disse na entrevista? Quando lhe perguntaram o que mais deseja...

— Já sabemos – interrompeu dona Rosalba. — Todas nós lemos a entrevista. Eu, pelo menos, não perco uma linha de Alberto Fontarabia.

— O que ele disse? – perguntou Adelinda.

— "O que eu mais desejo é ser esquecido."

— O que acha de ouvirmos um pouco de música? – perguntou dona Zarela. — Alguma coisa de Vivaldi, por exemplo. Eu diria que os livros dele têm um quê vivaldiano...

— Vamos deixar a música para depois – disse dona Rosalba. — É melhor ver o que podemos lhe perguntar. Eu, por exemplo, já tenho duas ou três coisas que gostaria de saber. Estão aqui anotadas na minha caderneta.

— Ah, não! – protestou Sofía. — Nada de perguntas! Melhor deixar que ele fale à vontade, para não se sentir acossado. Não acha, tia?

— Depois vemos isso. Podemos perguntar alguma coisa, é claro, mas sem que pareça um interrogatório.

— E aliás, Adelinda, por que diabos você convidou os Noriega? – perguntou dona Zarela.

— Posso convidar quem quiser, certo?

— Devia ter convidado os Ganoza, são gente mais elegante. Os Noriega são insuportáveis, especialmente ele. Vai começar a falar bobagem e na certa vai querer lhe entregar aquele livro que publicou anos atrás, para pedir a opinião dele e quem sabe até para que escreva um comentário. Gastón não publicou um livro?

— Um livro, não, é uma espécie de separata com um poema épico, qualquer coisa sobre Túpac Amaru, acho – disse Adelinda.

— Concordo com Zarela – disse dona Rosalba. — Os

Noriega, zás, eu os cortaria da lista! Gastón às vezes é meio chato, mas ela é cafona demais: faz pose de grande dama...

— Não vamos começar a falar dos outros agora – disse Adelinda. — Vem comigo até a cozinha, Sofía? E vocês não saiam daqui. Se baterem na porta, me avisem que eu vou abrir.

Adelinda e Sofía entraram na cozinha.

— Não conheço os Noriega nem os Ganoza, mas essas duas senhoras...

— Por favor, Sofía, não vá começar você também... Rosalba é uma mulher muito culta, é assinante do Clube do Livro, como eu, e não perde uma conferência na Aliança Francesa. E Zarela pode não ser muito inteligente, mas...

— Eu sei, você vai me dizer que são amigas da escola, todas essas coisas, mas Alberto Fontarabia vai achar que está entrando num museu... Você, por outro lado, posso dizer a verdade?, está lindíssima... É o penteado, talvez, e também seu vestido... Mas me conte, tia, onde você conheceu Fontarabia? Porque ele é muito mais novo...

— Por favor, veja se os sanduíches não ficaram secos. Vou olhar se o bolo já está pronto.

— É isso que você vai servir?

— Herminia foi comprar uns doces... O que você estava dizendo? Sim, Alberto é bem mais jovem, claro. Conheci-o quando ele ainda era criança. Eu estava casada com Boby, éramos vizinhos dos Fontarabia. Depois nos mudamos, Boby morreu, Alberto foi para a Europa e deixei de vê-lo durante anos... Até que ele deu uma conferência numa das suas viagens a Lima e fui assistir. No final o procurei, ele foi muito carinhoso, fez uma dedicatória num dos seus livros. Até hoje me lembro do que escreveu: "Para Adelinda, minha inesquecível vizinha".

— O bolo está pronto? Então vamos para a sala. Imagine se o escritor chega e a vizinha inesquecível não está lá para recebê-lo.

— Um minuto. Eu queria fazer uma pergunta. Você acha que posso mostrar os meus poemas a ele?

— Mas claro, tia, os poemas são lindos! São tão românticos. Tenho certeza de que ele vai gostar. Especialmente aqueles dedicados a Boby...

— Mas o que Zarela e Rosalba vão dizer?

— E que importância tem isso? Elas podem dizer o que quiserem. O importante é que Fontarabia os leia.

— Tem razão. Vou pensar. Ponha um guardanapo úmido em cima dos sanduíches. Vou esquentar a água para o chá.

Quando voltaram para a sala, Rosalba interpelou-as.

— Tem uma coisa que você esqueceu, Adelinda, você, que sempre planeja tudo: uma câmera fotográfica! Zarela tem razão. Não podemos sair daqui sem uma foto com o escritor. Eu nunca me perdoaria.

— Não tinha pensado nisso – disse Adelinda. — Tenho uma câmera lá em cima, mas acho que está sem filme. Posso mandar comprar...

— Precisa ser agora mesmo, Adelinda...

— Ele está chegando! – interrompeu Zarela.

Um carro havia estacionado na rua.

Adelinda correu até a porta e entreabriu-a.

— Os Noriega!

Pouco depois entrou na sala um homem corpulento, com um bigode espesso e um pequeno pacote em cada mão, seguido por uma mulher baixinha, morena, de calça justa e camisa esporte.

— Chegamos tarde por culpa da Chita, que passou a tarde toda no cabeleireiro. Sabe o que eu trouxe aqui? *Tormenta de verão*! É para pedir uma dedicatória a ele.

— Mas você nem leu... – disse Chita.

— Como é que não li?

— Nós compramos ontem à noite, depois que Adelinda telefonou dizendo que Fontarabia vinha aqui e nos convidando para o chá...

— Eu leio muito rápido. E quando você estava dormindo...

— Mas você adormeceu primeiro, com o livro na mão.

— Tudo bem, mas tive tempo de folhear.

— E nesse outro pacote, o que trouxe, Gastón? – perguntou dona Rosalba. — Aliás, nem precisa dizer, nós já sabemos, deve ser a sua coisa sobre Túpac Amaru.

— *Sua coisa*. Você ouviu, Adelinda? Sua coisa! E Rosalba acha que é uma intelectual! Sim, é a minha coisa, e eu trouxe quatro exemplares, se quer saber. Uma coisa para Fontarabia, outra para a Biblioteca Nacional de Paris, outra a ser entregue a Jean-Paul Sartre e a outra, a outra... Para quem é a outra coisa, Chita?

— Sei lá...

— Não faz mal, tenho certeza de que vai acabar em boas mãos. E então, Adelinda? Só espero que você não me venha com sanduichinhos, docinhos e outras coisas ridículas desse tipo. Tomara que haja um bom aperitivo para mim... O quê? Nosso escritor ainda não chegou? Eu tenho que dizer umas coisas a ele! Sou o seu maior admirador, mas também tenho minhas próprias ideias...

— Não me venha de novo com as suas próprias ideias, Gastón. Você já tocou esse disco para mim umas cinquenta vezes.

— E com bons motivos, porque você é minha mulher e tem que me ouvir. Mas não essas senhoras. São todas mulheres de letras, aliás, a começar pela dona da casa.

— Gastón, por favor, sente-se e fique tranquilo, vou servir o seu uísque. E pare de nos adular, porque não temos nada de mulheres de letras. Você já vai bajular Fontarabia.

Adelinda lhe serviu um uísque com gelo.

— E você, Chita, também quer uma bebida ou vai esperar o chá?

— Eu nunca bebo antes das sete... Ah, mas estou vendo o romance de Fontarabia ali em cima da mesa! Eu também não li, Adelinda; faça um resumo para nós, por favor.

— Cada coisa que você pede, Chita! – interveio dona Rosalba. — Como se fosse possível resumir este livro. Ele tem que ser lido de fio a pavio. Cada frase... mas o que estou dizendo!, cada palavra tem que ser saboreada.

— O que mais me intriga é o final – disse dona Zarela. — Vocês entenderam? Afinal, Leticia estava apaixonada por Lucho ou não? Tudo permanece vago, confuso...

— Não vejo nada de confuso... – disse Sofía. — É claríssimo que Leticia estava apaixonada por Lucho. A questão é que nunca disse nada a ele, por orgulho.

— Mas, fora isso, de quem era o filho? – disse dona Zarela.

— De que filho estão falando? – perguntou Gastón. — Tem um filho na história?

— O filho era de Lucho, claro – disse dona Rosalba.

— Ah, não, do tio Felipe – disse Sofía.

— Está vendo, Chita? – disse Gastón. — Se você tivesse comprado o romance quando eu falei, agora já saberia de quem era o filho... Sou um verdadeiro Sherlock Holmes para essas coisas.

— Essa história do filho não tem importância – disse Adelinda. — Ou, se tiver alguma, é uma coisa secundária. Para mim, o importante é o clima, a atmosfera do romance.

— Mas, afinal, sobre o que é o livro? – perguntou Gastón. — Pelo que li, trata de alguma coisa que aconteceu numa fazenda.

— É um romance costumbrista... – começou dona Rosalba.

— Costumbrista? – interrompeu dona Zarela. — Nada disso! Costumbrista é exatamente o que esse livro não é...

— Se você quiser dar algum nome, eu diria que é psicológico – disse Adelinda.

— E por que não social? – disse dona Zarela. — Porque realmente tem um problema social na história...

— Para mim, a coisa é bem mais simples – disse Sofía. — Trata-se de um romance de amor... de amor entre adolescentes.

— Espere um minuto – disse Gastón. — Vamos por partes. O que eu quero saber...

— Você não quer saber coisa nenhuma – disse Chita. — Só quer meter a colher na conversa.

— Tia! Acho que ele vem aí!

Uma sombra se projetou contra a janela. Adelinda correu para abrir a cortina.

— É Herminia. Está vindo da padaria.

— Ufa! – disse Gastón. — E eu, que estava me preparando para interpelar o nosso escritor! Com uma pergunta, só uma, mas uma daquelas que fazem pensar... Por que está com essa cara, Chita? Você é a única pessoa aqui que não me considera capaz de conversar com um escritor. O fato de eu dirigir uma fábrica de explosivos não quer dizer nada. Já mencionei mil vezes o caso de Alfred Nobel.

— Se Fontarabia demorar – disse dona Zarela –, acho que você devia servir o chá. Para mim, arte é uma coisa, e pontualidade, outra.

— Os artistas são distraídos – disse Sofía. — Acho que seria falta de educação...

— Como acharem melhor – disse Adelinda. — Para mim, dá no mesmo. Sou muito convencional, mas se vocês preferem...

— Outro uísque para mim – disse Gastón. — Quanto a vocês, tomem o chá agora ou quando ele chegar, tanto faz.

— Por que não telefona para a casa dele? – sugeriu dona Zarela. — Pergunte se já saiu. De qualquer forma, já passou das seis.

— Se já esperamos uma hora, podemos esperar mais dez minutos – disse dona Rosalba. — Quanto a mim, não estou com fome. Afinal o chá é só um pretexto. Nosso verdadeiro alimento será a conversa com Fontarabia.

— Também acho – disse Sofía. — Deve ser uma conversa apaixonante! Não é mesmo, tia? Você é a única que o conhece, então conte...

— O que mais posso contar? Eu já disse, desde a época em que ele era meu vizinho, ainda criança, só o vi ocasionalmente...

— Ele nunca lhe contou nenhum segredo? – perguntou dona Rosalba. — Algo sobre sua vida pessoal ou sua forma de escrever? Adoro os pequenos detalhes da vida de um artista, aquilo que só se conta em *petit comité*.

— Isso para mim não tem o menor interesse – disse Gastón. — Pouco me importa se ele escreve deitado num sofá ou dando pulos. Estou interessado é nas ideias. O que ele acha, por exemplo, sobre o papel do escritor na nossa sociedade? Isso é uma coisa que gostaríamos de saber!

— E o que você pensa sobre o assunto? – perguntou dona Zarela.

— Gastón não pensa – disse Chita. — Nem sobre isso nem sobre nada. Gastón só fala.

— Acho bom que ele fale – disse Rosalba. — Caramba, Chita, todo mundo tem esse direito, até seu marido! Mas, se a coisa é falar, vamos deixar de lado as banalidades e conversar sobre algum assunto mais elevado. Ninguém disse nada, por exemplo, sobre o estilo de Fontarabia.

— O estilo é o homem — disse Gastón. — Saúde!

— Mas eu falei que o estilo dele é pura poesia — objetou dona Zarela. — O problema, Rosalba, é que você não escuta. Eu leio os livros dele e, sei lá, é como se estivesse lendo os poemas de José Santos Chocano...

— Não acredito em romancistas que escrevem poeticamente — disse Sofía. — Pelo contrário, Fontarabia tem algo de seco, algo assim como uma falta de estilo, eu diria, por mais que isso pareça bobagem...

— E você, Chita, diga lá, o que pensa do estilo de Fontarabia? – perguntou Gastón.

— Só penso que estou com o estômago vazio.

— Bem — disse Adelinda —, acho que podemos servir o chá. Na certa Fontarabia vai preferir um drinque.

— O que acho muito adequado — disse Gastón. — E falando em drinque...

— Espere um minuto, Sofía – disse Rosalba. — O que você falou sobre a falta de estilo é uma barbaridade. Todo mundo tem um estilo, bom ou ruim, mas tem. E o de Fontarabia...

— Depende do livro — disse Adelinda. — Há mudanças de um livro para outro, depende dos temas que abordam... eu prefiro falar de estilos de Fontarabia.

— Ah, não — disse dona Zarela. — Os grandes escritores só têm um estilo...

— Mas o que é estilo? – perguntou Sofía.

— O estilo é o homem — disse Gastón.

— Adelinda, por favor — disse Chita. — Não lhe dê mais bebida, senão ele vai ficar repetindo esse ditado a noite toda.

— Para mim — disse dona Rosalba —, estilo é a maneira

de pôr as palavras uma depois da outra. Alguns as põem bem, outros, mal... Há escritores que as amontoam de qualquer jeito, digamos, feito batatas num saco. Outros, ao contrário, escolhem, pesam, lustram, vão dispondo-as como, como...

— Como pérolas num colar – disse Gastón. — Muito original!

— Bem, continuem conversando – disse Adelinda. — Sofía e eu vamos servir. Vamos, Sofía?

Quando entrou na cozinha, Herminia já tinha arrumado os bolinhos numa travessa e as xícaras de chá vazias numa bandeja.

— Essas colherinhas não, as de prata! – resmungou Adelinda. — Sirva os sanduíches num prato.

— Escute, tia, foi você quem falou com Fontarabia?

— Como assim, se eu falei com ele?

— Quero dizer, quando você fez o convite, falou diretamente com ele?

— Falei com a mãe dele... Mas é como se eu tivesse falado com ele. Alberto estava tomando banho, mas dona Josefa, que é uma velha amiga minha, me disse que aceitava.

— Quem aceitava?

— Ele, claro... Mas o que você está pensando, Sofía? Que eu...?

— Não, mas como já está ficando tarde... Deixe que eu levo as xícaras. Você leva as travessas.

— Bravo! – exclamou Chita, quando as viu aparecer. — Ainda bem que chegaram, porque já estávamos prestes a começar um bate-boca.

— Sabe o que a Chita estava dizendo? – perguntou dona Rosalba. — Que nós somos esnobes! Agora quem gosta de ler e falar sobre literatura é esnobe. Obrigada, Chita. Eu prefiro ser esnobe a ser ignorante.

— Por favor, Rosalba – disse dona Zarela. — Não foi

exatamente isso. Chita estava dizendo que... bem, o que você estava dizendo, Chita?

— Bah! Nem me lembro mais.

— O problema é que Chita não consegue ler nem sequer um telegrama inteiro – disse Gastón. — Mas passou a tarde toda no cabeleireiro. Para impressionar o nosso escritor, imagino.

— Por favor, sirvam-se – disse Adelinda. — Quantas colheres de açúcar?

— Espere um minutinho – disse dona Zarela. — Ainda estou pensando em Fontarabia... Vocês me permitem criticá-lo? O que se pode censurar nele é que é um pouco sombrio. Todas as histórias acabam mal, sempre há mortes, doentes, feridos, desaparecidos...

— Pois eu, da minha parte, acho divertidíssimo – disse Gastón. — Até diria que é um autor humorístico.

— Você percebe o que está dizendo? – protestou dona Rosalba. — Fontarabia, um autor cômico! Ele transmite uma tristeza que me corta o coração.

— Mas as duas coisas não se excluem – disse Sofía. — Uma pessoa pode ser triste e ao mesmo tempo bem-humorada.

— Eu diria que ele é pessimista – disse dona Zarela.

— É por aí – disse Gastón. — Mas um pessimista que não encara as coisas de forma trágica, ao contrário, morre de rir da realidade.

— Realidade? – disse Sofía. — Mas a realidade não tem nada a ver em Fontarabia... Tudo o que ele conta é inventado.

— Agora chegamos à conclusão – disse dona Zarela — de que Fontarabia é um autor de literatura fantástica... Adelinda, a única pessoa que pode nos esclarecer isso é você, que o conhece bem. Ou o próprio Fontarabia... Mas, afinal, ele vem ou não vem?

— Eu já sugeri, telefone logo para ele — disse dona Rosalba. — Preciso estar em casa às oito.

— Agora mesmo — disse Adelinda. — Era só para não incomodá-lo com tantas ligações. Vocês podem imaginar como o chateiam! Mas sirvam-se, o chá vai esfriar... Você vem comigo, Sofía?

As duas se foram pelo corredor em direção à cozinha. O telefone ficava numa mesinha, embaixo do espelho na parede. Adelinda pegou o aparelho, olhou-se no espelho para ajeitar o cabelo e ficou imóvel.

— O que foi, tia?

— Não me lembro bem do número... Devo ter anotado na caderneta... Mas não sei onde está minha caderneta.

— Talvez você tenha deixado lá em cima. Quer que eu vá ver?

— Não, já lembrei o número... Ah, meu penteado está desmanchando! Que fiasco! Fica bem em mim? Não é muito juvenil?

— Eu já disse, tia, está lindo. Disque o número de uma vez.

Adelinda pôs o indicador no disco do telefone.

— É melhor você voltar para a sala, Sofía. Não deixe Gastón se servir outra dose.

— Deixe que ele beba: fica menos solene...

— Já está chamando!... É melhor você falar, Sofía. Pegue! Acho que esquecemos os guardanapos.

No mesmo instante, Adelinda desapareceu pelo corredor crepuscular, deixando-a com o fone na mão, um fone onde se ouvia uma voz varonil já impaciente. Sofía respondeu:

— Alô? Sr. Fontarabia?... Fala a sobrinha de Adelinda... Adelinda Velit... Não conhece?... Velit, com *v* de vaca... sua antiga vizinha... a esposa... quer dizer, a viúva de Boby... Sim, morava ao lado da sua casa... Era para tomar um chá... Sua mãe... Parece que ela anotou o recado...

Não lhe disse? Entendo, sr. Fontarabia, claro... é natural... De qualquer maneira... Bem... muito obrigada... que gentileza... Vou dizer a ela... Até logo.

Sofía desligou e nesse momento se deu conta de que Adelinda tinha voltado; via sua sombra a dois passos de distância, no corredor já escuro.

— E então?

— Já falei com ele... – e se retificou no mesmo instante. — Não exatamente com ele. Com alguém da casa... alguém próximo a ele, quero dizer... com a mãe dele, isso mesmo, a mãe dele...

— O que ela disse?

— Disse que... disse que Alberto não está se sentindo bem. Um almoço... é, um almoço que não caiu bem... uma indigestão, alguma coisa que ele comeu e lhe fez mal... Imagine que está de cama... Não consegue nem se levantar!

Uma voz estridente veio da sala:

— Vou dizer duas ou três coisas a ele!... Uma fábrica de explosivos, não nego, mas também uma cultura... Saúde, dona Zarela! O estilo é o homem!

— Ele não vem, então?

Quem estava perguntando? Por que uma voz tão apagada?

— Está muito escuro aqui, tia – disse Sofía, acendendo a luz do corredor.

O clarão repentino iluminou Adelinda, uma Adelinda que agora era mais uma Zarela, mais uma velha.

— Mandou mil beijos para você, a mãe dele me disse isso... E pediu que o desculpe, Adelinda. Ele está chateadíssimo... mas a indigestão, tia... Diz que da próxima vez... quando voltar de Paris...

— Obrigada – disse Adelinda. — Obrigada, Sofía, obrigada. Com certeza deve estar muito mal. Dê-me o braço, por favor. Vamos tomar o chá.

A solução

— Vamos, Armando, diga lá, o que você está escrevendo agora?

A temida pergunta finalmente apareceu na roda. Já tinham terminado de jantar e agora estavam na sala da casa, em Barranco, tomando café. Pela janela entreaberta, viam-se as luzes do cais e a neblina de inverno subindo das falésias.

— Não se faça de bobo – insistiu Óscar. — Sei que os escritores muitas vezes não gostam de falar sobre o que estão fazendo. Mas nós temos intimidade. Conte-nos em primeira mão.

Armando pigarreou, olhou para Berta como se quisesse dizer que insistentes são nossos amigos, até que por fim acendeu um cigarro e decidiu responder.

— Estou escrevendo uma história sobre a infidelidade. Como vocês sabem, o assunto não é muito original. Como já se escreveu sobre a infidelidade! Lembrem-se de *O vermelho e o negro*, *Madame Bovary*, *Ana Kariênina*, para citar apenas obras-primas… Mas o que me atrai, justamente, é o que não é original, o mais comum, o conhecido… Sobre isso, interpretei à minha maneira uma frase de Claude Monet: "O tema me é indiferente, o importante são as relações entre mim e o tema…". Berta, por favor, não quer fechar a janela? Está entrando uma névoa!

— Como preâmbulo, não está nada mal – disse Carlos. — Agora vamos ao que interessa.

— Certo. É sobre um homem que de repente desconfia que sua mulher o engana. Digo de repente porque, em vinte anos ou mais de casados, essa ideia nunca tinha passado pela cabeça dele. O homem, que no caso chamaremos de Pedro ou Juan, tanto faz, sempre teve uma confiança cega na esposa e, como também era um sujeito liberal e moderno, permitia que ela tivesse o que chamava de sua "própria vida" e nunca lhe pedia explicações de coisa nenhuma.

— O marido ideal – disse Irma. — Está escutando, Óscar?

— De certa forma, é verdade – continuou Armando. — O marido ideal... Bem, como eu estava dizendo, Pedro, vamos chamá-lo assim, começa a duvidar da fidelidade da esposa. Não vou entrar em detalhes sobre as causas dessa desconfiança. O fato é que nesse momento ele sente que seu mundo está desabando. Não só porque sempre tinha sido fiel a ela, exceto por umas aventurazinhas sem consequências, mas porque amava profundamente a esposa. Sem a paixão da juventude, claro, mas talvez de forma mais duradoura, a partir da compreensão, do respeito, da tolerância, de todas as pequenas atenções e concessões que nascem da rotina e são a base da convivência conjugal.

— Não gosto desse negócio de rotina – disse Carlos. — A rotina é a negação do amor.

— Pode ser – disse Armando —, só que para mim isso é uma frase como qualquer outra. Mas me deixe continuar. Como eu ia dizendo, Pedro desconfia que sua mulher o engana. Entretanto, como é só uma suspeita, uma suspeita mais angustiante quanto mais incerta, ele decide obter as provas e descobre, procurando as provas dessa infidelidade, uma segunda infidelidade, ainda mais grave, pois vinha de mais tempo e era mais apaixonada.

— Que provas eram essas? – perguntou Óscar. — Nessas histórias de infidelidade, não é fácil conseguir provas.

— Digamos, cartas, fotos ou testemunhos de pessoas de absoluta boa-fé. Mas isso é secundário por enquanto. O fato é que Pedro cai num desespero ainda maior, porque agora não se trata de um, mas de dois amantes: o mais recente, do qual tem suspeitas, e o mais antigo, do qual pensa ter provas. Mas a história não para por aí. Ao continuar investigando a frequência, a gravidade e as circunstâncias dessa traição, descobre a existência de um terceiro amante e, quando procura saber mais sobre esse terceiro, aparece um quarto...

— Uma messalina, portanto – interrompeu Carlos. — Quantos eram, afinal?

— Para as necessidades do relato, quatro são suficientes. É o número apropriado. Seria possível aumentar, mas isso me daria problemas na composição. Enfim, a mulher de Pedro tinha, então, quatro amantes. E todos ao mesmo tempo, diga-se de passagem, coisa que não deve surpreender porque os quatro eram muito diferentes entre si (um bem mais jovem que ela, outro mais velho, um muito educado e fino, outro bastante ignorante etc.), de modo que satisfaziam apetites variados da sua carne e do seu espírito.

— E Pedro, o que faz? – perguntou Amalia.

— Essa é a questão. Vocês podem imaginar o estado horrível de angústia, de raiva, de ciúme em que ele fica diante da situação. Muitas páginas do livro vão ser destinadas à análise e à descrição do seu estado de ânimo. Mas prefiro poupá-los dessa parte. Só digo que ele, graças a uma enorme força de vontade e, sobretudo, a um senso de decoro exacerbado, não deixa seus sentimentos transparecerem e simplesmente decide, sem se abrir com ninguém, resolver sozinho o problema.

— É isso o que queremos saber – disse Óscar. — Que diabos ele faz?

— Para ser honesto, também não sei. A história não está acabada. Acho que Pedro considera uma série de alternativas, ainda não sei qual vai escolher... Por favor, Berta, pode me servir outro café?... Ele vai concluir, em todo caso, que, quando aparece um obstáculo na nossa vida, é preciso eliminá-lo para restaurar assim a situação original. Mas nesse caso, claro, não se trata de um obstáculo, trata-se de quatro! Se houvesse apenas um amante, ele não hesitaria em matá-lo...

— Um crime? – perguntou Irma. — Pedro seria capaz disso?

— Um crime, sim. Mas um crime passional. Vocês sabem que a legislação penal, em todo o mundo, tem disposições que mitigam a pena em caso de crime passional. Especialmente se um bom advogado conseguir provar que o agente do crime o cometeu em estado de paixão violenta. Digamos que Pedro está disposto a correr os riscos do assassinato, sabendo que pelas circunstâncias sua pena não seria muito pesada. Mas, como é fácil entender, matar um dos amantes não resolveria nada, porque sobrariam os outros três. E matar os quatro já seria um crime gravíssimo, um verdadeiro massacre, que lhe acarretaria a pena capital. Em função disso, Pedro descarta a ideia do crime.

— Dos crimes – disse Irma.

— Certo, dos crimes. Mas então lhe ocorre uma ideia genial: voltar os amantes uns contra os outros, para que se eliminem entre si. Concebe a ideia da seguinte maneira: já que eles são quatro – e agora vocês vão entender por que esse número me convinha –, vou fazer uma espécie de eliminatórias, como se fosse um torneio esportivo. Provocar dois enfrentamentos entre eles e depois mais um, entre os dois vencedores, de maneira que sejam eliminados pelo menos três...

— Isso me parece coisa de romance – disse Carlos. — Como diabos ele faz? Na prática, acho que não funciona.

— Mas estamos justamente no mundo da literatura, quer dizer, da probabilidade. Tudo consiste em fazer o leitor acreditar no que eu conto. E isso é problema meu. Bem, Pedro divide os amantes em dois grupos: Um e Dois, e Três e Quatro. Em cartas anônimas, telefonemas ou por outras formas de contato, revela ao Um a existência do Dois e ao Três a existência do Quatro. Tudo isso graças a uma estratégia gradual e uma técnica da perfídia que lhe permitem despertar no escolhido não só o mais atroz dos ciúmes, como também um desejo violento de aniquilar o rival. Esqueci de dizer que os amantes de Rosa, como chamaremos a mulher, estavam ferozmente apaixonados por ela e se achavam os únicos depositários do seu amor. Portanto, a revelação da existência dos concorrentes os deixa tão transtornados quanto o próprio Pedro.

— Isso é possível, realmente – disse Carlos. — Um amante deve ter mais ciúme de outro amante que do próprio marido.

— Para resumir – continuou Armando –, o plano de Pedro funciona tão bem que o amante Um mata o Dois e o Três mata o Quatro. Portanto, sobram somente os dois. E com eles Pedro age da mesma forma, de modo que o amante Um mata o Três. Depois o próprio Pedro mata o sobrevivente desse massacre, ou seja, ele só comete pessoalmente um único crime e, como foi um só, e de origem passional, recebe um veredito benevolente. E ao mesmo tempo consegue o que pretendia, isto é, eliminar os obstáculos que se interpunham ao seu amor.

— Acho engenhoso – disse Óscar. — Mas continuo pensando que não funcionaria na prática. Suponha que o amante Um não mate o Dois, que o deixe ferido. Ou que o amante Três, por mais apaixonado que esteja, seja incapaz de cometer um crime.

— Tem razão – disse Armando –, e é por isso que Pedro desiste dessa solução. Essa ideia de confrontar os amantes para que se exterminem mutuamente não é viável, nem na realidade nem na literatura.

— O que ele faz, então? – perguntou Berta.

— Bem, eu mesmo não sei... Já disse que a história não está pronta. É por isso mesmo que estou contando. Vocês não têm alguma sugestão?

— Sim – disse Berta. — Um divórcio. Nada mais simples!

— Eu tinha pensado nisso. Mas de que ia adiantar? Seria um escândalo inútil, porque, bem ou mal, um divórcio é sempre escandaloso, ainda mais numa cidade como esta, que continua sendo, em muitos aspectos, provinciana. Não, o divórcio não resolveria o problema da existência dos amantes e do sofrimento de Pedro. E nem mesmo aplacaria seu desejo de vingança. O divórcio não seria uma boa solução. Estou pensando em outra: Pedro expulsa Rosa de casa, depois de lhe demonstrar e recriminar a traição. E com toda a violência a põe no olho da rua, com suas malas e bagagens ou de mãos abanando. Seria uma solução varonil e moralmente justificada.

— Concordo – disse Óscar. — Uma solução de macho. Já que você me enganou, toma! Agora, vire-se como puder.

— A questão não é tão simples – continuou Armando. — E acho que Pedro também não escolheria essa solução. Principalmente porque expulsar a mulher de casa seria quase insuportável para ele, pois o que deseja é ficar com ela. Mandá-la embora a deixaria ainda mais dependente dos amantes, seria como jogá-la nos braços deles e afastá-la de si ainda mais. Não, a expulsão do lar, embora possível, não resolve nada. Pedro acha que o mais sensato seria fazer exatamente o contrário.

— O que você quer dizer com isso? – perguntou Irma.

— Sair de casa. Desaparecer. Sem deixar rastros. Só uma carta, ou então nada. A mulher entenderia o motivo do seu desaparecimento. Sumir e começar outra vida num país distante, uma vida diferente, com outro trabalho, outros amigos, outra mulher, sem nunca dar pistas do seu paradeiro. Mesmo supondo que Pedro e Rosa tenham filhos, se bem que seria melhor se não tivessem, pois isso complicaria demais a história. Mas Pedro iria embora mesmo que tivesse de abandonar seus supostos filhos, porque a paixão amorosa está acima da paixão paterna.

— Muito bem, Pedro vai embora. E depois? – perguntou Berta.

— Pedro não vai embora, Berta, ele não sai de casa. Porque sair de casa não é uma boa solução. O que ele ganharia com isso? Nada. Perderia tudo. Seria um bom recurso se Rosa dependesse economicamente de Pedro, porque sofreria com sua ausência pelo menos por esse motivo, mas esqueci de dizer que Rosa tinha uma fortuna pessoal (pais ricos, bens da família, seja o que for) e, portanto, podia perfeitamente prescindir dele. Além disso, Pedro não é mais jovem, seria complicado começar uma nova vida em outro país. Obviamente, a fuga só beneficiaria a esposa, que, livre de Pedro, fortaleceria suas relações com os amantes e poderia ter todos os outros amantes que quisesse. Mas o principal motivo é que Pedro, se conseguisse se estabelecer e prosperar numa cidade distante e, como se diz, "reconstruir a vida", viveria atormentado com a lembrança da mulher infiel e o prazer que ela continuaria buscando e obtendo com seus amantes.

— É verdade – disse Amalia. — Essa história de sumir me parece uma loucura.

— Mas esse recurso da fuga tem uma variante – continuou Armando. — Uma variante que me seduz. Digamos que Pedro não desaparece sem deixar rastros, simplesmente se muda para outra casa, depois de uma troca de explicações serena com a esposa e uma separação amigável. O que pode acontecer então? Uma coisa que me parece possível, pelo menos em tese. Mas isso requer algum desenvolvimento. Posso? Acho que os amantes quase nunca são superiores aos maridos, não apenas intelectual, moral ou humanamente, mas também em termos sexuais. O problema é que as relações entre marido e mulher costumam ser contaminadas, viciadas e desvalorizadas pelo cotidiano. Centenas de problemas interferem na vida conjugal, questões que surgem diariamente e são motivos permanentes de discórdia, desde a forma de educar os filhos, quando há filhos, até as contas a pagar, os móveis que precisam ser reformados, o que vão jantar à noite...

— As visitas a fazer ou receber – acrescentou Óscar.

— Exato. Esses problemas não existem nas relações entre a mulher e o amante, uma vez que se dão exclusivamente no terreno do erotismo. A mulher e o amante se encontram apenas para fazer amor, excluindo todas as outras preocupações. O marido e a mulher, por seu lado, cuidam da casa e enfrentam permanentemente o peso da vida em comum, o que impede ou dificulta a conexão amorosa. Por isso digo que, se o marido saísse de casa, desapareceriam as barreiras que existem entre ele e a esposa, deixando o terreno livre para um relacionamento prazeroso. Enfim, o que quero dizer é que a separação amigável teria a vantagem, para Pedro, de impingir os problemas cotidianos, com tudo o que têm de perturbador e destruidor da paixão amorosa, aos amantes. Afastando-se da mulher, Pedro na verdade ficaria mais perto dela, porque os amantes iam acabar assumindo o papel de marido e ele, o de amante. Convivendo mais com os amantes devido à partida de Pedro, e só o vendo ocasionalmente, a situação se inverteria, e daí por diante os amantes ficariam com os espinhos e o marido, com as rosas. Ou seja, Rosa com Pedro.

— Tudo isso parece muito eloquente e bem explanado – disse Óscar. — Inverter os papéis, graças a uma retirada estratégica. Nada mau! O que você acha disso? Na minha opinião é o melhor recurso.

— Mas não é – disse Armando –, e podem acreditar que não me agrada dizer isso. Um autor, por mais frio e objetivo que queira ser, sempre tem suas preferências. Ah, seria maravilhoso se as coisas pudessem acontecer desse jeito! Manter a condição de marido e ao mesmo tempo ser amante. Mas há uma ou várias falhas nessa solução. A principal, em todo caso, é que provavelmente Rosa está cansada de Pedro e não aguenta mais ficar com ele, nem de perto nem de longe, nem como marido nem como amante. Tudo o que tem a ver com ele está impregnado de resíduos da vida em comum, de modo que, mesmo não morando juntos, sua simples presença faria ressurgir no seu espírito os fantasmas da experiência doméstica. O marido traz consigo o peso do passado conjugal. Fato que irá impedi-lo para sempre de abordar sua mulher como um desconhecido.

— Em suma – disse Carlos –, vejo que as possibilidades de Pedro se esgotam...

— Não, ainda há outras possibilidades. Por exemplo: simplesmente não fazer nada, aceitar a situação e continuar a vida com Rosa como se nada tivesse acontecido. Acho essa solução inteligente e elegante. Revelaria compreensão, realismo, senso de conveniência e até mesmo certa nobreza, certa sabedoria. Ou seja, Pedro aceitaria ter um par, ou melhor, quatro pares de magníficos chifres na cabeça e passaria resignadamente a integrar a corporação dos cornudos, que é, como se sabe, uma corporação infinita.

— Hum! – disse Carlos. — Não concordo. Claro que isso revela uma mentalidade aberta, livre de preconceitos, como você diz, mas acho que seria algo indigno, humilhante. Eu, pelo menos, não suportaria.

— Nem eu – disse Óscar. — E preste bem atenção, Amalia. Se for o caso, que sirva como advertência.

— Ah, que maridos nós temos! – disse Amalia. — Verdadeiros falocratas.

— Mas essa alternativa tem suas vantagens – insistiu Armando. — A principal delas é que, ao aceitar a situação, Pedro mantém a mulher ao seu lado. Uma mulher que o engana, é verdade, e que pertence carnal e espiritualmente a outros, mas afinal está ali, ao seu alcance, e de vez em quando pode lhe dar um gesto errante de carinho. Ele conservaria não seu corpo nem sua alma, mas sua presença. E isso me parece uma prova de amor maravilhosa da parte de Pedro. Uma prova de amor de tirar o chapéu.

— Um chapéu que ele não poderia usar na sua enfeitadíssima cabeça – disse Óscar. — Não, é claro que não acho certo aceitar a situação. Consentir, nesse caso, seria diminuir-se como homem, como marido.

— É possível – disse Armando. — Mas ainda acho que seria uma solução equilibrada, que exige certa grandeza de alma. Talvez seja preferível ser infeliz ao lado da mulher que você ama a ser feliz longe dela... Mas, enfim, digamos que não é a melhor solução.

— Ele não pode matar os amantes... – disse Carlos. — Não pode expulsar a mulher de casa, também não pode sumir, nem se divorciar, nem aceitar a situação. O que lhe resta então? Você tem que admitir que seu personagem está com um problemão.

— Ainda existe outro recurso – disse Armando. — Um recurso direto, limpo: o suicídio.

Irma, Amalia e Berta protestaram em uníssono.

— Ah, não! – disse Irma. — Nada de suicídio! Coitado do Pedro! Na verdade, simpatizei com ele. E você, Berta? Convença Armando a não matá-lo, você que tem influência sobre ele.

— Não creio que irá matá-lo – disse Berta. — A história viraria um melodrama banal. Além do mais, Pedro é inteligente demais para cometer suicídio.

— Não sei se é inteligente ou não – disse Óscar. — Isso, afinal, é uma suposição sua. Mas a situação dele é tão complicada que seria melhor dar um tiro na cabeça. Não acha, Armando?

— Tiro? – repetiu Armando. — Sim, um tiro... Mas o que resolveria? Nada. Não, não acho que o suicídio seja a coisa certa a fazer. E não por ser um desenlace melodramático, como diz Berta. Adoro um melodrama, acho que nossa vida é feita de melodramas sucessivos. O problema é que essa solução é tão ruim quanto desaparecer sem deixar rastros. Com o agravante de que seria um desaparecimento sem possibilidade de retorno. Se Pedro sair de casa, ainda tem a esperança de um regresso e até de reconciliação. Mas, se cometer suicídio...

— É verdade – disse Carlos. — Prefiro ter sempre no bolso minha passagem de volta. Mas também não é uma solução absurda. Se Pedro se suicidar, estará se apagando do mundo e apagando também Rosa e seus amantes, ou seja, apagando o problema. O que é uma forma de resolvê-lo.

— Tem razão – disse Armando. — Vou reconsiderar a hipótese. Mas não podemos esquecer que existe uma grande diferença entre resolver um problema e contorná-lo. E além do mais, quem sabe! Pode ser que a dor de Pedro seja tão grande que o perseguiria para além da morte!

— Em poucas palavras, seu personagem está ferrado – bocejou Óscar. — Vejo que você não encontrou uma solução para a sua história. Mas a nossa história é que já passou de meia-noite e temos que trabalhar amanhã. E nós, sim, temos uma solução: ir embora já.

— Espere – disse Armando. — Tinha me esquecido de outra possibilidade...

— Ainda tem outra? – perguntou Berta.

— Uma das mais importantes. Na verdade, eu devia ter mencionado no início. Também é possível que Pedro chegue à conclusão de que Rosa não é infiel, de que as provas que reuniu são todas falsas. Vocês sabem muito bem, em casos assim a única prova válida é o flagrante de delito. Todo o resto – cartas, fotos, testemunhos – pode ser recusado. Pode haver um erro de interpretação, podem ser documentos apócrifos ou falsificados, testemunhos malévolos, enfim, circunstâncias que favoreçam uma acusação infundada. E a verdade é que Pedro não tem provas cabais.

— Pronto! – disse Óscar. — Você devia ter começado por aí. Ficou enrolando com um problema que na realidade não existia. Vamos embora, Irma?

— Não querem um conhaque, um licor de hortelã? – perguntou Berta.

— Obrigado – disse Carlos. — A história do Armando nos divertiu, mas Óscar tem razão, já está tarde. De qualquer maneira, Armando, espero que na próxima vez você já tenha terminado a história e a leia para nós.

— Ah! – disse Armando. — As histórias que mais nos interessam geralmente são aquelas que não conseguimos terminar... Mas dessa vez vou fazer um esforço. E com uma boa solução.

— Você traz as nossas coisas, Berta? – pediu Amalia.

— Vou buscar – disse Armando. — Combinem com a Berta o nosso próximo encontro.

Armando foi para dentro, enquanto Berta e os dois casais se despediam. Onde vai ser o próximo jantar? Na casa de Óscar? Na de Carlos? Daqui a quinze dias? Dentro de um mês? Um ruído seco, peremptório, chegou dos fundos da casa. Ficaram paralisados.

— Parece um tiro – disse Óscar.

Berta foi a primeira a se precipitar pelo corredor, enquanto Armando reaparecia com uma bolsa, um cachecol, um casaco nas mãos. Estava pálido.

— Curioso! – disse. — São essas coincidências que desconcertam a gente. Eu estava procurando um comprimido na mesinha de cabeceira, mexi no meu revólver e, não sei como, saiu um tiro. Atravessou a gaveta da mesa e bateu na parede.

— Que susto! – disse Óscar. — É assim que os acidentes acontecem. Por isso nunca tenho armas ao alcance da mão. Na próxima vez, preste mais atenção.

— Ora! – disse Armando. — Também não precisa exagerar. Afinal de contas, não aconteceu nada. Vou com vocês até a porta.

O cais ainda estava enevoado. Armando esperou os carros saírem e, entrando em casa, passou o trinco na porta e voltou para a sala. Berta estava levando os cinzeiros sujos para a cozinha.

— Amanhã a empregada arruma. Estou muito cansada agora.

— Já eu fiquei sem sono. Essa conversa me deu novas

ideias. Vou trabalhar um pouco na minha história. Você não me disse o que achou...

— Por favor, Armando, já falei que estou cansada. Amanhã conversamos sobre isso.

Berta se afastou dali e Armando foi para o escritório.

Por muito tempo ficou relendo seu manuscrito, riscando, acrescentando, corrigindo. Afinal apagou a luz e foi para o quarto. Berta estava dormindo de lado, com o abajur aceso. Armando observou seu cabelo louro espalhado pelo travesseiro, o perfil, o pescoço delicado, o contorno de seu corpo respirando sob o edredom. Abriu a gaveta da mesinha, pegou o revólver e, esticando o braço, deu um tiro na nuca dela.

Cena de caça

Para caçar pombos, dizia meu primo Ronald, é preciso acampar de véspera no lugar escolhido e acordar de madrugada, para surpreender as aves levantando voo em busca de sustento. Era o que tínhamos planejado, sair no sábado à tarde e caçar no domingo ao amanhecer. Mas Ronald lembrou que aquele sábado era o aniversário da morte do seu pai, o tio George, e que a família mandara rezar uma missa noturna. Por isso decidimos sair no domingo bem cedo, esperando chegar a Sayán antes que os pombos se dispersassem.

Mas nossas previsões, é claro, deram errado. Em primeiro lugar, nossos filhos Harold e Ramón, que iam caçar pela primeira vez, nos obrigaram a parar em todos os povoados que atravessávamos para tomar um refrigerante ou comer uma guloseima. Depois um pneu arriou. Como se não bastasse, Ronald errou o caminho ao entrar no desvio para a serra e avançamos mais de uma hora por um planalto desértico até nos orientarmos de novo. Afinal, quando chegamos aos arredores de Sayán já eram dez da manhã e o sol caía a pino sobre o campo ardente, onde não se via nem um mísero pardal.

— Demos com os burros n'água – disse Ronald. — Era o que eu temia! Agora, é dar meia-volta e regressar.

Mas nossos filhos protestaram. Não valia a pena fazer uma viagem de quase três horas em troca de nada! Na verdade, Ronald e eu tínhamos planejado aquela expedição só para eles. Ronald, bem ou mal, ainda arranjava tempo para caçar duas ou três vezes por ano. Mas eu, havia uns dez anos ou mais que não pegava numa espingarda, desde o tempo em que o tio George estava vivo e íamos, guiados por ele, caçar patos ou flamingos nas lagoas de Villa ou perdizes nas alturas de Canta.

— Vamos tentar – disse Ronald. — Mas, se virmos que não há nada, voltamos para Lima.

Por um caminho de terra, ele avançou com a caminhonete entre chácaras nuas e inóspitas, até que a estrada foi ficando arborizada e finalmente chegamos a uns laranjais.

— Se tivermos sorte, podemos encontrar alguma coisa aqui.

Descemos do veículo e distribuímos as espingardas, a munição e os embornais, recordamos as regras para evitar acidentes e nos dividimos em duplas: Ronald com meu filho Ramón e eu com o filho dele, Harold. Combinamos de nos encontrar ao meio-dia no carro, ou antes, dando uma salva de cinco tiros.

Agachados, com os olhos penetrantes e a respiração contida, Harold e eu atravessamos o pomar até a cerca final sem ver um único pombo. Das valetas de irrigação subia um vapor escaldante que nos sufocava. Ronald e meu filho não deviam ter tido mais sorte, porque não ouvimos o som de nenhum tiro vindo do lado deles.

— Se o seu avô, o tio George, pudesse nos ver! – brinquei. — Que imbecis, ele diria, procurando pombos no meio da manhã, com esse calor! Acho melhor voltar para o carro.

Mas Harold não quis se dar por vencido. Sugeriu que saíssemos do pomar e fôssemos andando em direção ao sopé da serra, onde se via uma fileira de eucaliptos frondosos. Foi o que fizemos, atravessando um milharal do qual só restava a palha no chão. Antes de chegar às árvores, ouvimos dois disparos vindos das laranjeiras, e depois mais dois.

— Caramba! – exclamei. — Parece que afinal eles encontraram algo.

— Não podemos ser derrotados! – protestou Harold. — Também temos que caçar alguma coisa.

Acelerando o passo, chegamos aos eucaliptos bem no momento em que um pombo solitário levantava voo e se afastava em direção aos rochedos, sem nos dar tempo de ajustar a mira.

— Seu avô George não teria deixado essa presa escapar – comentei. — Uma vez, em Conchán, eu o vi acertar um pato em pleno voo, mas veja bem, com uma carabina 22 e a 300 metros de distância.

Andamos por algum tempo sob os eucaliptos, com a vista para o alto e o dedo no gatilho. Agora nossos movimentos eram sigilosos e perfeitos, como se viessem de antigas disposições preservadas pela memória da espécie. Mas nada disso adiantou muito, pois quando deu meio-dia não tínhamos disparado um único cartucho.

— Agora sim é hora de voltar. Ronald e Ramón devem estar nos esperando.

Harold aceitou a contragosto e começamos o caminho de volta, suando em bicas. Quando estávamos atravessando de novo o laranjal, divisei um pombo bicando uma fruta verde. Levei a arma ao rosto e o derrubei com um tiro só. Mas o animal não morreu. Com uma asa ferida, ficou rastejando pelo chão.

— Vou terminar o serviço – disse Harold. — Assim voltamos com alguma coisa.

E no mesmo instante abriu fogo contra o pássaro

ferido, quase à queima-roupa, depenando-o. Crueldade infantil. Tio Jorge nunca faria isso.

Ronald e Ramón estavam nos esperando ao lado do carro. De longe mostramos nosso pombo. Como resposta, Ronald meteu a mão no embornal para tirar uma única presa. Cinco cartuchos e uma manhã inteira para dois pássaros. Um verdadeiro fiasco.

Era hora de voltar para Lima. Mas não contávamos com a tenacidade dos nossos filhos. Os dois ficaram amuados, de cara feia.

— Você disse que, quando vinha caçar com seu pai George, voltavam com mais de cem pombos — reclamou Harold.

— Eram outros tempos — respondeu Ronald.

Olhei para o meu primo, que tinha enfiado na cabeça um gorro com viseira. Fiquei surpreso com sua força, sua placidez, seu bigode castanho, muito fino e pontudo, mas perfeitamente aparado.

— Você está igualzinho ao seu pai — eu disse. — Só falta a pontaria dele.

— Eu também tenho pontaria. Mas fica difícil quando não aparece nada. Bem, o que vamos fazer agora? Voltamos para casa? Almoçamos por aqui?

Os garotos responderam por nós: íamos almoçar em Sayán e, de tarde, continuar a caçada. Só nos restava obedecer.

Sayán é uma dessas aldeias ígneas e solares que, entre os desertos da costa e as primeiras elevações dos Andes, assam lentamente na canícula. Em torno de uma pracinha com sua capela colonial se entrecruzam algumas vielas, desertas naquela hora tórrida como o campo de pombos.

— Sabiam que Sayán era antes uma fazenda que pertencia à família do meu pai? – perguntou Ronald. — Ele sempre dizia que costumava brincar aqui na infância. Por isso gostava tanto de voltar, já adulto, quando íamos caçar. Olhem, é aquele, justamente, o restaurante onde sempre almoçávamos.

Entramos num salão quadrangular, também deserto, com mesas rústicas de madeira sem toalha. Umas moscas vorazes zumbiam no ar denso e um forte cheiro de cebola flutuava no ar. Pedimos coelho à caçarola, refrigerantes com gelo e, apesar do calor, da dureza das cadeiras e da impaciência dos garotos, prolongamos nossa permanência o máximo possível, esperando o calor amainar um pouco. Quando vimos os primeiros moradores se aventurarem pela rua, saímos. Eram quatro da tarde.

— Bem – disse Ronald. — Vamos tentar aqui por perto, e acabou-se. Não quero voltar para Lima de noite.

Entramos no carro e fomos nos afastando dos laranjais, mas muito devagar, esquadrinhando os campos e arvoredos em busca de um lugar propício.

— Talvez por aqui – disse Ronald, saindo da estrada para pegar um desvio de terra que levava a uma criação de cavalos. Era um caminho margeado por árvores frondosas, atrás das quais se estendiam uns campos de alfafa. Perto de um laguinho, ele parou o carro.

— Podem ir aonde quiserem – disse ele aos garotos. — Nós vamos ficar aqui.

Harold e Ramón se dirigiram para os campos de alfafa, enquanto Ronald e eu nos postamos na beira do lago, atentos ao que pudesse aparecer, mas sem muita expectativa.

— Vai ser uma pena se não caçarmos nada – comentei, vendo Ronald deixar de lado a espingarda e se divertir jogando pedras na água. — Que decepção para os garotos!

— Tem razão – disse Ronald. — Precisamos fazer um esforço.

Pegando a espingarda, puxou o boné para baixo com firmeza e começou a descer a trilha. Caminhava de modo lento e cauteloso. Por fim eu via surgir nele o instinto e a raça do caçador. Um pombo saiu velozmente da folhagem e Ronald, levantando a arma, derrubou-o com um único tiro. Guardou a presa mecanicamente no embornal e continuou sua marcha silenciosa. Ouviram-se uns tiros isolados num campo de alfafa. Também me atrevi a atirar em algo que parecia se mexer num galho, mas não caiu nada. Um tempo depois, Ronald atirou de novo. No campo de alfafa se ouviram novas detonações. Naquela tarde sossegada, morna e silenciosa os estrondos se sucediam de tempos em tempos, ecoavam, emudeciam em intermináveis momentos de calma e voltavam a ressoar, um após o outro, quase em uníssono, rasgando o céu puríssimo. Havia algo de angustiante, de antigo e de terrível no esporte da caça.

Ainda tentei vários tiros, mas sem sucesso. Como a tarde já caía, voltei para a caminhonete. Sentado ao volante, acendi um cigarro, olhando para as montanhas pedregosas, agora cor de ametista, e contando as detonações distantes. O primeiro a aparecer foi Ronald, que tirou do embornal quatro pombos.

— Não consegui mais nenhum. Realmente não tem nada. E esses garotos, ainda não vieram?

Vimos a cabecinha deles e a ponta das armas emergindo da alfafa. Os dois vieram se aproximando lentamente. Quando chegaram ao nosso lado, mostraram seus troféus de caça, envergonhados: Harold um pombo e Ramón, uma coruja.

— E vocês?

Ronald mostrou os quatro pombos.

— Isso é uma miséria! – protestou Harold. — Por que não continuamos? Não está mais fazendo calor, pai.

Pensei que Ronald iria se negar, mas, longe disso, hesitou puxando os pelos de uma sobrancelha, como eu tinha visto o tio George fazer muitos anos atrás.

— Estou lembrando – disse ele. — Tem um poleiro por aqui. Meu pai me trouxe uma vez. Antes de anoitecer, os pombos chegam para dormir lá. Entrem no carro, depressa, vamos logo.

Seguimos pelo caminho de terra, depois entramos em outro mais estreito e sinuoso. Ronald ia dirigindo cada vez mais rápido, sem dizer nada, chegou a uma bifurcação, não teve dúvida em pegar uma estradinha cheia de buracos, atravessamos um casario alvoroçando os cachorros e as galinhas, contornamos um morro, até que chegamos a um prado quase circular, coberto de grama e rodeado de velhos eucaliptos.

— Aqui é o poleiro. Lembro perfeitamente! Foi a última vez que vim caçar com meu pai. Vamos descer, mas com cuidado, sem fazer barulho.

Assim que pusemos os pés no chão, apesar de todo o cuidado que tivemos, um bando de pombos se destacou da folhagem e desapareceu atrás do morro.

— Vamos rodear esse prado – disse Ronald. — Cada um vai para um lado. Mas, atenção, não atirem nos galhos, só durante o voo, quando estão chegando.

E então nos dispersamos. O sol estava se pondo, finalmente havia um ar fresco. Achei impossível caçar na penumbra; para mim, aquela última tentativa era inútil, perigosa, um capricho do meu primo Ronald. Enquanto estava procurando um lugar para me instalar, escutei um primeiro tiro e vi uns vinte pombos caírem no meio do prado.

— Não peguem! Esperem!

Era a voz de Ronald? Mas onde ele estava? À minha direita vi meu filho, que tinha se protegido atrás de um montinho, com a espingarda levantada, e à esquerda Harold, quase confundido com o tronco de uma árvore. Mas e Ronald?

Soou outro tiro, dessa vez atrás de mim, e outra chuva de pombos se precipitou no chão. Girei a cabeça, mas só consegui distinguir sombras. A única coisa clara era o resplendor do céu. Uma mancha o rasgou. Era uma bandada de pombos vindo para o poleiro.

— Não atirem ainda! Esperem até chegarem perto!

Quando a bandada estava passando em cima do prado, ouviu-se um novo cartucho, dessa vez à frente, e então a formação pareceu se deter e caiu a pique na grama.

— Agora sim! Já podemos ir buscar!

Seguindo as instruções de Ronald, começamos a convergir em direção ao centro do prado apanhando os pombos que íamos encontrando, meu filho à direita, Harold à esquerda e Ronald, inesperadamente, atrás de mim.

Os garotos, empolgadíssimos, contavam as presas enquanto as metíamos nos embornais, comemoravam o tamanho do butim, mas reclamaram que nós, adultos, não déramos tempo para que eles disparassem um único tiro.

— Mais tarde contamos as presas! – disse Ronald, com uma voz autoritária. — Vamos voltar para o carro!

Quando partimos, a noite já havia caído. Ronald dirigia veloz pela estrada sinuosa de terra, inclinado sobre o volante, superando habilmente as curvas, sem mexer os lábios. Atrás, os garotos, depois de tagarelarem um pouco, tinham adormecido. Só quando atravessamos La Tablada e entramos na via expressa é que ele abriu a boca.

— Nossa honra foi salva. Não acha? Foi uma boa expedição.

— Graças a você – respondi.

— Ora, ora, não precisa me elogiar! Você sabe muito bem que nem você nem eu demos um único tiro.
— Não? Então quem?
— A quinta sombra... a que se desprendeu de mim ou a que continua a postos, sem nunca sair do lugar, lá no poleiro.

Conversa no parque

Num entardecer de verão, estavam sentados num banco no parque de Miraflores e olhavam os carros desfilando, os pedestres passando, as rolinhas tardias fazendo seus ninhos num fícus. A um quarteirão, o colégio onde tinham estudado tantos anos antes. E na esquina, um homem de cabelos grisalhos, mas de idade incerta, andando em círculos, com um grosso pacote de livros debaixo do braço.

— Pobre Cooper! — disse Alfredo. — Ainda está aí... Desde quando? Talvez desde a criação do mundo. Eu, pelo menos, nunca passei por aqui sem vê-lo falando sozinho, sempre no mesmo lugar, com seus livros debaixo do braço. Dizem, não sei se é verdade, que um carro atropelou e matou a namorada dele exatamente nessa esquina, muitos anos atrás. Desde então, volta todo dia ao mesmo lugar e fala, fala e fala com a namorada... Deve estar doido, é o mínimo que se pode dizer.

— Como nós — disse Javier, arrematando a resposta com uma das suas risadas impossíveis de descrever e para as quais é preciso encontrar uma expressão gráfica: BRUBRUBRUBRUBRUBRUBRUBRUBRUBRUBRU!

— Não ria, imbecil, que estou falando sério. Você ainda não entendeu, mas eu sempre falo sério... BRUBRUBRUBRUBRUBRUBRUBRUBRUBRUBRU! É a única coisa que sabe pronunciar. Por isso não posso ser sincero com você, dizer o que vejo, o que acho... Na outra noite, por exemplo, eu estava no cais e vi uma luz passando sobre o mar, uma coisa que cruzou o céu, meio em zigue-zague, mas sem fazer barulho. Não era avião nem alguma outra coisa conhecida...

— Um disco voador... BRUBRUBRUBRUBRUBRU-BRUBRUBRUBRUBRU...!

— Sim, um disco voador, por que não? O problema é que você não tem fantasia, só vê o que suas mãos imundas tocam. Por que diabos não podem existir, em outras pradarias cósmicas (e veja como te ofereço assim, sem pedir nada em troca, frases imortais: pradarias cósmicas), por que não podem existir seres mais inteligentes, o que nós aliás não somos, capazes de...? Bem, não quero começar a patinar nesse, nesse... Diga alguma coisa, caramba, mostre que você entendeu!

— Nesse beco sem saída... BRUBRUBRUBRUBRU-BRUBRUBRUBRUBRU...!

— Isso mesmo, beco sem saída... E constato mais uma vez que da sua cabeça só sai lugar-comum. Tudo bem, Javier, então me conte, por que chamam você de diabinho?

— Sei lá...

— Certo... Mas quase ia esquecendo! Outro dia encontrei Paco Gonzales no ônibus, lembra dele? Era da nossa turma. Conversamos sobre a escola, sobre os padres, sobre você também. Ele deve estar na pior, andando de ônibus como nós... Lembro que era um bom jogador de futebol, mas sempre ressentido, agressivo. Com você, principalmente. Roubava suas canetas, jogava tinta nas suas roupas, um dia queimou seus livros. E você não protestava. Deixava ele bater e até ria: BRU-BRUBRUBRUBRUBRUBRUBRUBRUBRUBRU...!

— BRUBRUBRUBRUBRUBRUBRUBRUBRUBRU...!

— E se lembra do Bambarén? Por que diabos isso me vem à cabeça? Ele também era da nossa turma. Um dia passei por um bar, em Santa Cruz, e o vi jogando nas maquininhas, aquelas em que você mete uma moeda e tem que fazer pontos. Fiquei olhando, sem dizer nada. Voltei no dia seguinte e Bambarén estava lá, jogando outra vez. Fiquei olhando de novo. E a coisa começou a se repetir. Todo dia eu passava pelo bar e via Bambarén jogando. Pensava: "Ele já deve estar lá, em frente à maquininha", e me vestia rápido para ir assistir. Isso durou mais ou menos um mês. Bambarén estava ficando cada vez mais nervoso, com certeza não tinha me reconhecido, mas parecia incomodado ao ver que todo dia aparecia um cara, parava ao seu lado e ficava olhando. E eu adorava ficar ali olhando. Até que um dia ele saiu correndo do bar quando me viu chegar e foi embora aos berros... Coitado! Nunca mais apareceu. Pelo menos eu não o via mais quando passava por lá... Mas, enfim, voltando ao assunto de antes, por que te chamam de diabinho?

— Sei lá...

Alfredo acendeu um cigarro e deu umas tragadas com uma fruição exagerada.

— Vício idiota e cruel, que vai me levar ao túmulo, eu sei, mas ainda assim, mas ainda assim... Ah, estou cansado de falar essas coisas! O que podemos fazer, Javier? Vamos, diga, o que podemos fazer? O sol vai se pôr, a tarde de fogo vai passar, o louco na esquina e o fantasma da namorada dele vão embora e quando anoitecer vamos ficar aqui, só nós dois, como nas outras vezes... Olhe aquele homem passando! Aonde será que vai? Por que anda tão rápido? Como se chama? De que sofre? O que pensa da vida ou da morte? Talvez não pense nada, simplesmente anda, como um cachorrinho... Às vezes eu gostaria de ter um poder sobre-humano, penetrar nas pessoas feito uma sonda, explorar não só seu passado, mas seu futuro.

— Sair do tempo... BRUBRUBRUBRUBRUBRUBRU-BRUBRUBRUBRU!

— Sair do tempo, sim, e acho bobo e impertinente que você dê risada disso... Não sabe que é possível sair do tempo, do nosso tempo? Eu teria que te explicar, mas não vou perder tempo com preâmbulos inúteis. Para simplificar: aquilo que se chama moleira, na cabeça dos bebês, a parte não ossificada do crânio, é a via pela qual escapamos do nosso ser para entrar em contato com o cosmos, onde o tempo desaparece para se tornar um espetáculo. Em francês moleira se diz *fontanelle*, que é mais bonito e significa "pequena fonte", e que eu interpreto como "fonte de conhecimentos". Com a idade, essa via de acesso ao infinito se estreita e se fecha, mas podemos recuperá-la graças às drogas, aos sonhos, à meditação profunda e à loucura... Cooper, por exemplo, não vive nem está no nosso tempo, está vinte anos atrás, quando a namorada dele morreu naquela esquina... Buda é apresentado muitas vezes com uma auréola sobre a cabeça, simbolizando o lugar por onde entra em contato com a eternidade. E os santos cristãos também. E o que significa a tonsura dos sacerdotes, senão uma forma de abrir a via da *fontanelle* para facilitar o caminho da experiência mística?

— Os carecas, então...

— Os carecas não têm nada a ver com isso! Não venha sabotar minhas lições com essas piadinhas de colégio... Lá vem outro cara! Está vendo como anda? É o típico homem seguro, que sabe das coisas. O mundo é claríssimo para ele, não tem dúvidas nem mistérios. Dois mais dois são quatro. O leste é o oposto do oeste. São esses que prefiro para o meu jogo do "velho amigo". Nunca falei disso? Eu praticava muito esse jogo, antes da cirurgia.

Quando via um cara assim, ia na direção dele sorrindo, de braços abertos, e dizia efusivamente: Como vai, como está sua vida, faz tanto tempo que não nos vemos! etc. O cara me olhava meio arisco, tentando escapar, murmurando algo assim como "bem, quer dizer, não me lembro", mas eu continuava falando, oferecia uma bebida, perguntava pela família, ele não tinha tempo de pensar... Depois começava a ficar na dúvida, a se perguntar se eu não era algum ex-colega de colégio, ou alguém que tinha conhecido numa viagem, ou um parente distante... Afinal ficava mais confiante e me falava da sua vida, do seu trabalho, dos seus problemas, até que, quando já estava embalado, de repente eu me despedia abruptamente e o deixava de mãos abanando. Ele ficava lá sozinho, com suas dúvidas e a conta. Nunca iria saber quem sou, se realmente era alguém conhecido, ou uma pessoa que tinha se enganado ou talvez um gozador. E essa dúvida podia ser a primeira pedrinha que eu punha no seu caminho triunfal pela vida, coisa que talvez o salvasse para sempre de ser um imbecil.

Javier soltou seu BRUBRUBRUBRUBRUBRUBRU-BRUBRUBRU! e continuou em silêncio, com as mãos no fundo dos bolsos da calça.

— Mas, enfim – continuou Alfredo –, isso já é história antiga... Com esse artifício não dá para salvar a humanidade toda, pessoa por pessoa, hoje um, amanhã outro, pois uma vida inteira não seria suficiente. Ainda mais porque esse método do "velho amigo" não é infalível. Certa vez, usei isso com um moreno parrudo, que sacou logo o meu teatro e me arriou no chão com um murro só... E, além do mais, para que salvar a humanidade? A mim ninguém salvou, pelo menos que eu saiba... Mas você, quem sabe você, que de certa forma é um sábio, talvez tenha uma receita.

— Jogar um colete salva-vidas... BRUBRUBRUBRU-BRUBRUBRU!

— Saída tipicamente javieresca, claro... Olhe! Olhe só como a tarde está indo embora, como o verão está indo embora... Em pouco tempo vão chegar, não as escuras andorinhas, que aliás nem são tão escuras como diz o poema[4], mas sim a umidade, a neblina, tudo isso que já conhecemos! Quantos velhos tossindo pelas ruas! No inverno, você já notou?, no inverno Lima fica submersa no fundo de um poço. Viramos batráquios, cultivamos brânquias e levamos uma existência submarina durante seis meses. Os estrangeiros não entendem isso. E assim vamos durando, Javier, do verão até o inverno, até que, já reparou?, aparecem uns fios grisalhos em cima da orelha... Você está velho, Javier, está velho, e o que foi que você fez até agora, diga lá?... Pelo menos eu me casei, tive um filho, depois me divorciei, mas isso também não tem importância, o fato é que me sinto terrivelmente triste. Amanhã termina a minha licença, vou voltar para lá. E vou voltar sem saber o que eu queria saber, sem você me dizer...

— Eu posso te dizer tudo... BRUBRUBRUBRUBRU-BRU!

— Mas não o que eu quero saber... Por que te chamam de diabinho?

— Sei lá...

— Tem coisas que eu nunca consegui entender! O medo que as pessoas têm de dizer tudo, e por isso sempre guardam alguma coisa de reserva, uma coisa que vai apodrecendo dentro delas como um queijo, como um rato morto, e isso acaba infestando a alma e, pior, demolindo a razão. Em você, que conheço tão bem, há algo de

---

4   Referência ao poema *Volverán las oscuras golondrinas*, do escritor e dramaturgo espanhol Gustavo Adolfo Bécquer (1836-1870). [N. E.]

obscuro, de impenetrável... E me torturo para descobrir! Eu, pelo contrário, não escondo nada, digo o que me vem à cabeça... Bem, dá licença, é hora de tomar meu remédio. Olhe esse frasquinho, um comprimido de manhã, outro à tarde... O engraçado é o que diz no papel que tem dentro. Eu gosto de ler literatura médica. Num papelzinho desses que vêm com os remédios, uma vez li algo sobre "micróbios banais". O que serão micróbios banais? Há toda uma literatura feita de pequenos textos que são deliciosos. Outro exemplo: os resumos que saem nos jornais dos filmes em cartaz. Digamos, aparece na programação o filme *María*, e embaixo diz algo assim: "A linda garota pensou que estava acima da paixão, mas naquela tarde estival, graças a um encontro fortuito, a flecha do Cupido atravessou seu coração". Ou, então, o jornal diz sobre o bangue-bangue *O invencível*: "Tom Carter, vítima de uma injustiça, decide se vingar e seu Colt 45 deixa uma lembrança indelével no vasto Oeste". Esses textos são verdadeiras joias literárias. Deveriam ser publicados em antologias, e seus autores, resgatados do anonimato.

— Bem, tenho que ir embora...

— Espere, Javier, espere... Temos que conversar sobre tanta coisa! Pelo menos espere até anoitecer. E me diga algo, conte alguma coisa. Não tive tempo de ler os jornais. Você sabe, lá só nos dão um, e às vezes da semana anterior. Eu não sei o que está acontecendo no mundo. Faça um resumo, Javier. Alguma nova guerra? Um terremoto? Uma revolução?

— Tudo isso... BRUBRUBRUBRUBRUBRUBRUBRU!

— Mas por que você não tira as mãos dos bolsos? Está coçando o saco?... Quando a gente está com alguém, por educação deve deixar as mãos visíveis, expostas. Detesto as pessoas que escondem as mãos. Mas vamos mudar de assunto. Você estava dizendo que eu adivinhei, que há uma nova revolução, uma nova guerra, outro terremoto... Não me surpreende! Não acredito no que chamam de atualidade: isso é uma ficção. Você pode estar perfeitamente atualizado sabendo o que aconteceu há oitocentos ou mil anos, digamos na época de Bizâncio. Esses teólogos, esses filósofos, esses clérigos que discutiam sobre a graça, a trindade, a eucaristia, as imagens, você não acha que eles são de uma atualidade, para usar o termo mais adequado, palpitante? Como não chegavam a um acordo, eles criaram seitas que por sua vez se dividiram em novas facções, que deram origem a novas heresias... E o que isso tem a ver com o presente?, dirá você. Como não vai dizer, naturalmente, digo eu. Pelo menos me dê o direito de desenvolver minhas próprias ideias, de me responder e me perguntar sozinho. Para citar apenas um caso, o marxismo. Do tronco central de Marx se destaca o tronco de Trótski (e você deve ter notado a cacofonia, mas que culpa tenho eu se tronco e Trótski começam com as mesmas letras!), mas do tronco de Trótski emergem, por sua vez, vários corpos diferentes, irreconciliáveis... Resumindo, aqui funciona o princípio da subdivisão permanente, que é requisito e prova da fecundidade de uma doutrina.

— BRUBRUBRUBRUBRUBRUBRUBRU!

— Eu já estava sentindo falta desse rugido, seu animal... Mas ainda não terminei. Na física molecular é a mesma coisa. Em todas as épocas, pensa-se que foi alcançada a verdade última, o princípio primordial, ou como queiram chamar, sobre o qual repousa toda a estrutura do universo. E no entanto não é assim. No campo da física, por exemplo, estão sendo descobertos elementos cada vez mais diminutos, graças aos grandes aceleradores... (E, atenção, não vá pensar que sou um erudito na matéria, não faço a menor ideia do que seja um grande acelerador, simplesmente li isso numa revista que estava na barbearia). Bem, nos Estados Unidos descobriram o ípsilon, a menor partícula conhecida até agora, ao lado da qual os prótons, nêutrons, elétrons são uns mastodontes... Mas será que o ípsilon, por sua vez, não contém outros elementos que ainda não conseguimos captar?

— O upsilonzinho... BRUBRUBRUBRUBRUBRUBRUBRU!

— É inútil, é idiota, é besteira te convidar para participar do meu dinamismo espiritual e das minhas intuições geniais... BRUBRUBRUBRUBRUBRUBRU!... Eu só faço isso, só me entrego, só me extenuo para distrair sua atenção e saber por que... Mas estou ficando com fome! Posso ir comer na sua casa? Estão me esperando na minha, é claro, mas ter que aturar meu pai, um homem íntegro, um cavalheiro, como você sabe, mas com quem só troco o que os latinos chamavam de *flatus vocis*... O que se pode esperar de um homem que há vinte anos lê o mesmo jornal sentado na mesma poltrona e que nunca se atrasou para o escritório?... Mas, se não puder me convidar, vou a um restaurante. Conheço um perto do Cine Colina em que fazem um bife acebolado memorável. Receita: cortar a cebola em tirinhas, picar o tomate em pedaços pequenos, pôr na frigideira uma quantidade regular de azeite, ter à mão pimenta, sal, um pouco de pimentão... Ah, mas eu sinto nojo de comer em restaurantes ao lado de pessoas que não conheço! Na última vez se sentou à minha frente um cara gordo, não tanto quanto eu, mas com seus bons 90 quilos. E de repente percebi que aquele homem estava fazendo uma coisa horrível. Horrível não, mas estranha. Estranha também não, porque é uma coisa que fazemos todos os dias, mas que eu nunca tinha observado bem. O cara introduzia num orifício do rosto chamado boca uma série de matérias de diferentes consistências, líquidas, sólidas ou viscosas, que lhe traziam nuns recipientes circulares, e ali, para seu grande agrado, essas matérias desapareciam. Eu olhava para aquilo e minhas mãos tremiam. Uma coisa, o gordo, comendo outra coisa, a comida. Como uma coisa podia desaparecer dentro de outra coisa? Eu não entendia nada, perdi a fome e deixei todos os pratos na mesa sem tocar. E o cara, como um ilusionista, continuou fazendo desaparecer tudo o que punham à sua frente. Depois vi que não era nada do outro mundo, que aquele homem estava apenas comendo, como você e eu fazemos. A questão é que não suportamos nos outros o que é natural em nós. Não posso ver alguém fazendo cocô na minha frente, por exemplo, ou fazendo amor, ou, como agora me dou conta, comendo... Por quê?, pergunto. Talvez porque o mais natural em nós, o mais necessário, também seja o mais animal. Esses atos nos derrubam do nosso pedestal e nos lembram a nossa pobre condição de mamíferos ou antropoides mais ou menos desenvolvidos, sujeitos às mesmas necessidades que qualquer animal com casco... Só o amor, Javier, só o amor nos permite ser tolerantes e aceitar esses atos no nosso próximo...

— Eu tenho que ir embora...

— Espere, por favor, Javier, espere um pouco, só para concluir... Não me deixe assim com a palavra na boca. Onde é que eu vou soltá-la? A quem vou dizê-la? Ainda por cima, vai me deixar sozinho nesse crepúsculo triste... Quem me ajuda a suportá-lo? Vamos fechar, por favor, juntos, unidos pela cumplicidade, vamos fechar as pálpebras dessa longa tarde moribunda... E me desculpe por ter que aturar minhas frases cafonas. Se você quiser, podemos andar um pouco, eu te faço companhia até sua casa... Já foram todos embora, até o Cooper, o pobre Cooper, ele e seus fantasmas... Vamos dar um passeio pelo cais, olhando o mar que, suponho, deve continuar ali mesmo, embaixo das falésias. Não deve ter desaparecido. Eu fumo um cigarro, dessa vez o último, juro, depois damos meia-volta e vamos para a sua casa. Seguimos juntos até a grade, eu te deixo bem em frente à porta, mesmo que não me convide para comer... E aí você vai ter que me dizer, porque já é mais do que hora de dizer, por que te chamam de diabinho...

— Sei lá...

— Sim, você sabe, Javier, você sabe. A empregada da sua casa chama você de diabinho, eu ouvi um dia. Chamou de diabinho e riu.

— Eu nem sei de quem você está falando...

— Mas ela estava na janela e chamou você de diabinho...

Javier se levantou, curvo e contraído, sem tirar as mãos dos bolsos da calça puída.

— Vou-me embora. Da próxima vez que puder sair, venha me ver.

— Próxima vez! E se não houver próxima vez? Ah, Javier, Javier, tenha um pouco de piedade! Não imagina como eu sofro pensando em você... Vou morrer sem saber a única coisa que quero saber... Há meses fico me interrogando, me atormentando, e nada. Diabinho, por que diabinho? Eu me sinto como aqueles velhos alquimistas que consumiram a vida sem ter alcançado a visão dourada... Espere aí!

Javier saiu andando em direção ao cais e Alfredo, erguendo toda a sua massa corporal, partiu atrás dele.

— Não ande tão rápido! Deixe eu ir também... A visão dourada! Agora me lembro da Tábua de Esmeralda de Hermes Trismegisto... Você não entende dessas coisas, nunca se interessou por alquimia, só por química... Lembro que numa época queria fazer sabonetes. Sabonetes! Que diferença com os sonhos alquímicos de Paracelso e

Fulcanelli! Toda a ciência esotérica se degradou. O tarô, por exemplo, que era um exercício da mais alta espiritualidade, virou uma cartomancia sórdida; a astrologia se transformou em previsões sentimentais feitas por jornalistas ignorantes; e a alquimia, que não era apenas um desejo de fabricar ouro, como vulgarmente se pensa, mas uma via espiritual em busca da visão dourada, a velha alquimia, como eu ia dizendo, é encarnada hoje por inventores de detergente...

— E da bomba atômica... BRUBRUBRUBRUBRUBRUBRUBRUBRU!

— Você disse uma coisa genial...! Mas voltemos à Tábua de Esmeralda. Um dos versos diz: "O que está em cima é como o que está embaixo, e o que está embaixo é como o que está em cima". Uma idiotice, não é? Vou lhe propor uma experiência para mostrar que não é bem assim, você vai ver que tem uma carga intelectual explosiva. Pegue um mapa-múndi, mas, em vez de olhá-lo da forma habitual, olhe de ponta-cabeça. O que acontece? A princípio fica difícil reconhecer o que é... não dá para entender coisa nenhuma, mas aos poucos você vai identificando os continentes, os países, só que virados de cabeça para baixo! O Mediterrâneo, por exemplo, está acima da França, da Itália e da Grécia; a África, que é subequatorial, se torna um continente setentrional e quase ártico... O Chile fica ao norte do Peru, como se fosse um vergonhoso cone de papel, longuíssimo, em cima da nossa cabeça, e o Canadá serve de pedestal para os Estados Unidos... Toda a nossa visão da geografia muda! E não só da geografia, da história também... Migrações, conquistas, descobertas e guerras adquirem um novo significado quando inscritos nesse espaço insólito... Você não acha mais natural que os árabes tenham invadido a Espanha pelo norte? Ou mais difícil que Pizarro tenha começado a conquista do Peru a partir do sul? Como tudo fica estranho! Mas apenas estranho. Isso demonstra que a nossa representação do mundo é baseada em convenções. Pois que sentido tem falar em norte ou sul dentro do cosmos? Não tem, porque, como diz a tábua esmeraldina, "o que está em cima é como o que está embaixo e o que está embaixo, como o que está em cima".

— Certo, mas mesmo assim minha casa fica ali em cima, naquela esquina, e não lá embaixo, no cais... BRUBRUBRUBRUBRUBRUBRUBRUBRU!

— E eu, que estava esperando seus aplausos depois de um discurso tão eloquente! Arei no mar, como dizia o zambo Bolívar. Acho que deveria tomar outro comprimido. Não sei se é você, ou é a noite que está me deixando nervoso. Amanhã vou voltar para o hospital... Você teve sorte, afinal de contas. Estava certo em não fazer a operação. Aquele neurologista me arrebentou para sempre. Olhe a minha testa, dá para ver as marcas da cirurgia? Eu adorava escrever, agora nunca mais pego uma caneta. Adorava ir ao cinema, agora não suporto uma sala escura. Ia assistir especialmente a filmes franceses. E, quando via um bom diálogo ou uma boa cena, me levantava no meio da sessão e começava a bater palmas e a gritar bravo!, bravo!, até que as pessoas me obrigavam a ficar quieto. Você não fazia essas coisas. Nem sequer ia ao cinema. Passava o dia todo trancado em casa. Inventava problemas de xadrez, fórmulas para fabricar sabonete. Nunca falou com uma mulher. E fica o tempo todo com as mãos nos bolsos, alisando o saco... Bem, já chegou em casa. De novo na toca, seu velho matreiro. Só que antes de cruzar o portão, antes de me deixar sozinho, por favor me prometa que... Mas olhe, ali está a empregada, na janela! Está olhando para você, está rindo de você!

— Não vejo nada.

— Mas está sim, olhe bem, ali.
— Mentira. Não estou vendo nada.
— Certo... Não vê nada porque não quer ver. Agora vou comer alguma coisa no restaurante do Cine Colina, contanto que o gordo do outro dia não esteja lá. Depois quero dar uma volta pelo cais, onde o voo dos urubus e os fantasmas, ah, os fantasmas!, da minha infância estão me esperando. Vá dormir agora. Mas lembre-se de uma coisa: mesmo no seu sono eu estarei presente:

> Como os anjos de ruivo olhar,
> À tua alcova hei de voltar
> E junto a ti, silente vulto
> Deslizarei na sombra oculto;
>
> Dar-te-ei na pele escura e nua
> beijos mais frios do que a lua,
> E qual serpente em náusea fossa
> Te afagarei o quanto possa.[5]

Sim, você me verá chegar no escuro, sempre com a mesma pergunta. Porque só vai se sentir bem quando responder; quando revelar o que está escondendo no mais íntimo de si mesmo, diabinho.

---

5 Parte do poema "A alma de outro mundo" (*Le Revenant*), de Charles Baudelaire, em tradução de Ivan Junqueira (*As flores do mal*. Rio de Janeiro: Nova Fronteira, 1985): "*Comme les anges à l'œil fauve,/ Je reviendrai dans ton alcôve/ Et vers toi glisserai sans bruit/ Avec les ombres de la nuit;// Et je te donnerai, ma brune,/ Des baisers froids comme la lune/ Et des caresses de serpent/ Autour d'une fosse rampant*". [N. E.]

Nuit caprense cirius illuminata

Como de costume, Fabricio chegou a Capri em meados de setembro e foi para a casinha que alugava na Via Tragara fazia muitos anos. Na sua opinião, era a melhor época para tirar férias na ilha. Primeiro porque sua mulher e seu filho, que tinham passado lá os meses de julho e agosto, já haviam voltado para Paris, de modo que a casinha estava inteiramente à sua disposição e por uma quinzena podia desfrutar de bens preciosos como a solidão, a tranquilidade e a liberdade. Depois, em meados de setembro, o fluxo de veranistas diminuía, sobretudo o de crianças e jovens, que não só engarrafavam e tumultuavam as ruelas de Capri com suas brincadeiras e devaneios como recordavam tangivelmente a Fabricio o peso da sua idade. Por fim, nessa época de verão em declínio fazia menos calor, havia menos mosquitos e muitas vezes o dia amanhecia nublado ou chuviscando, e Capri mostrava assim uma prévia do seu rosto escuro, secreto e invernal.

Como de costume, a casinha estava impecavelmente limpa, arrumada e abastecida. Sua mulher sempre se preocupava em deixá-la preparada para uso imediato: a geladeira e a despensa com mantimentos para quinze dias; o banheiro com todos os produtos de higiene e medicamentos necessários; o armário com suas roupas sazonais lavadas e passadas; e o bar com as bebidas e refrigerantes habituais, se bem que dessa vez Fabricio tenha encontrado, como um afetuoso presente às suas preferências, três garrafas de um excelente bordeaux Château Pavie de 1965.

Por último, como de costume, Mina, a empregada que trabalhava para eles durante as férias, apareceu no fim da tarde para lhe perguntar se precisava de alguma coisa e lembrar que, como nos anos anteriores, viria todas as manhãs, pouco antes do meio-dia — menos aos finais de semana —, para arrumar um pouco a casa e eventualmente preparar alguma coisa para ele comer.

Assim, Fabricio pôde se entregar ao que constituía, havia quinze anos, suas férias caprenses. De tanto se repetirem, elas tinham se depurado de tudo o que fosse acidental para adquirir um caráter austero, não isento de certa monotonia. Certamente, nos primeiros anos, ele não hesitava em descer diariamente até a praia dos *faraglioni*, escalar o monte Solaro, visitar as ruínas do palácio de Tibério, frequentar bares e restaurantes e explorar o labirinto de ruelas por simples curiosidade ou com a vaga esperança de algum encontro sentimental que animasse sua estada solitária na ilha. Mas com o tempo foi desistindo desses esforços e caprichos e acabou se recolhendo na casinha da Via Tragara, para tomar sol na pequena varanda, ler, ouvir música e às vezes tentar escrever alguma coisa, sem nenhuma ilusão, apenas para satisfazer uma antiga vocação literária que naufragou nos vinte anos em que estava trabalhando como funcionário de um órgão internacional em Paris. Suas duas únicas saídas de casa eram por volta de meio-dia, para comprar o *Le Figaro* e o *Corriere della Sera*, que folheava bebendo uma laranjada num café da Piazzetta, e, ao entardecer, para tomar um aperitivo num bar da Via Camarelle, antes de ir para casa jantar os restos do almoço que Mina preparara. Tudo isso era raso, trivial e sem fantasia — Fabricio era o primeiro a admitir —, mas pelo menos lhe dava a satisfação de ter descartado todos os imprevistos e contratempos graças à boa administração da rotina.

Numa manhã em que estava, como sempre, folheando os jornais no Gran Caffè da Piazzetta, viu passar uma mulher que logo chamou sua atenção. Na verdade, eram muitas as mulheres que chamavam sua atenção durante as laranjadas matinais, pela elegância, beleza ou sensualidade, mas ele se limitava a registrar sua passagem e mergulhava de novo na leitura. Mas aquela mulher fez seu coração bater mais rápido. Alguma coisa nela — o perfil, a expressão, o andar — lhe parecia familiar, algo que já tinha visto em algum momento da vida, mas ainda estava nebuloso em sua memória. De repente, um detalhe que notou nela, uma pinta na comissura dos lábios — um detalhe que lhe veio retrospectivamente — iluminou sua mente. "*C'est elle, mon Dieu*", disse para si mesmo em francês, sem saber por quê. Já fazia alguns minutos que a mulher tinha cruzado a Piazzetta na direção da Via Camarelle. Fabricio chamou o garçom com um grito, pagou a conta e saiu do café às pressas.

Como era sábado, grupos compactos de napolitanos tinham embarcado no *aliscafo* para passar o dia em Capri, e por isso as ruelas estavam abarrotadas de gente. Fabricio abriu passagem no meio da multidão, esticando o pescoço de vez em quando para tentar distinguir algum indício daquela figura fugaz. Pelos seus cálculos, ela devia estar uns 200 metros à frente. De sua passagem pela Piazzetta, lembrava-se do cabelo castanho amarrado na nuca com uma fita, de um vestido bege de verão e de uma bolsa azul pendurada no ombro. Em determinado momento, julgou reconhecê-la entre os transeuntes que formigavam na Via Tragara e acelerou o passo, mas o avanço foi interrompido por um carrinho elétrico cheio de malas, e depois esbarrou num disciplinado mas inoportuno grupo de turistas japoneses que bloqueava a rua para ouvir beatamente as explicações de um guia. Por fim foi desobstruída a Via Tragara — sua rua — e Fabricio pôde continuar aquela busca que mais parecia uma perseguição, cruzando na rua com veranistas que se surpreendiam com sua pressa e sua cara ansiosa, passando pela própria casa sem sequer dar uma olhada, até que finalmente chegou ao mirante, no fim da rua, sem encontrar a mulher que tinha visto antes.

O mirante tinha um parapeito de ferro e uma vista magnífica dos *faraglioni*. A partir dali, só havia dois caminhos: a escada comprida que descia em zigue-zague até a praia ou o estreito caminho de Pizzolungo, que contornava a ilha e, depois de passar pela gruta de Matermania, voltava ao centro de Capri. Fabricio ficou perplexo, sem saber por onde seguir. Afinal, lembrando o vestido estival da mulher e sua bolsa azul — talvez uma bolsa de praia —, desceu os degraus. Chegou suado à praia cheia de pedras, onde uns vinte banhistas tomavam sol em suas espreguiçadeiras ao lado das cabines que serviam de vestiário. Sua escolha não foi bem-sucedida: ela não estava lá. Não teve outra saída senão subir frustrado, ofegante, os mil degraus daquela escada infernal que o levaram de volta ao mirante. Mais uma vez Yolanda escorria entre suas mãos.

Yolanda.

Madri, vinte anos antes Fabricio tinha conseguido uma bolsa de pós-graduação em direito internacional, depois de concluir seus estudos universitários em Lima. Uma tarde, quando estava fumando um cigarro na porta da pensão, viu passar duas garotas de braços dados conversando animadas. Uma delas — por quê?, o que ela tinha de tão especial que a diferenciava de tantas outras? — atraiu instantaneamente sua atenção e, contrariando seus costumes, porque ele não era de abordar garotas na rua, começou a segui-las. Por falta de prática, não sabia como se aproximar delas. Mas o acaso veio ajudá-lo. Pouco antes de chegar ao cais de Argüelles, a garota que tinha chamado sua atenção tropeçou num paralelepípedo, torceu o pé e ficou agachada, segurando o tornozelo. Fabricio foi correndo ajudá-la a se levantar, segurando-a pelo braço.

— Não se machucou? Você me permite?

A garota deixou que a ajudasse e lhe deu um sorriso radiante, espontâneo, como se ele fosse um conhecido.

— Não foi nada, obrigada... Culpa da Milagros, que estava me contando não sei que bobagem.

Foi o suficiente, o contato estava feito. Fabricio seguiu com as duas em seu passeio pelo Parque del Oeste. Elas eram colegas de colégio e tinham acabado de concluir o segundo grau naquele ano. Deviam ter uns 16 ou 17 anos. Milagros era a mais perguntadora e tagarela, mas muito feia: loura desbotada, olhinhos azul-claros, nariz comprido, um tipo galiforme, enfim. Yolanda, por sua vez, era de uma beleza sóbria, sem estridência: um rosto fino, oval, emoldurado por uma farta cabeleira castanha, olhos cor de amêndoa, lábios carnudos marcados por uma pinta na comissura esquerda (pinta idêntica, como observou Fabricio, à de uma prima com quem conviveu na infância), mas sobretudo traços indecisos, de grande mobilidade, que lhe permitiam expressar alternativamente a jovialidade mais natural e a reserva mais impenetrável.

Durante quatro ou cinco dias, Fabricio saiu com suas jovens amigas. As duas pareciam encantadas em passear com aquele sul-americano, uns dez anos mais velho que elas, discreto, educado, que não tentou conquistá-las e estava sempre disposto a levá-las ao cinema, aos cafés, sem ficar contando as pesetas. Mas a situação incomodava Fabricio, porque a presença de Milagros não lhe permitia estabelecer uma relação mais íntima com Yolanda. Ainda mais porque, mediante olhares, meias-palavras, percebia nela um interesse e, pode-se até dizer, uma atração por ele. Certa tarde, finalmente, na hora da despedida, Fabricio ignorou a fórmula de sempre: "A gente se vê amanhã?", substituindo-a por: "Yolanda, amanhã espero você para irmos dançar no Pasapoga". Aquele *você* em vez de *nós* foi seguido por um breve silêncio. Yolanda o quebrou com um "claro", enquanto Milagros balançava os braços e parodiava uma valsa, fingindo não entender.

A partir de então, Fabricio e Yolanda se encontraram sozinhos quase todas as tardes e entre eles foi surgindo mais que uma amizade, uma verdadeira paixão. Aos cafés e cinemas se somaram passeios pelo parque do Retiro, pela Madri antiga, numa Espanha franquista com seus guardas noturnos, sua imprensa censurada, seus mutilados de guerra vendendo cigarros em cestinhas. Yolanda ainda era menor de idade e filha de um coronel do Exército, de modo que Fabricio, por mais tentado que estivesse, nunca ousou ir além de carícias ou beijos furtivos em parques ou cinemas. Uma vez, porém, estando perto de sua pensão, Fabricio sugeriu que ela conhecesse seu alojamento e Yolanda aceitou com a maior naturalidade. Os dois conversaram por algum tempo no quartinho, cuja única janela dava para um sombrio pátio interno, até que de repente, sem saber como, os dois se viram enlaçados na cama. Fabricio tinha consciência de todos os riscos que corria, mas seu desejo era tamanho que não teve dúvida em tirar a blusa e o sutiã de Yolanda, apesar da resistência dela. A visão daqueles seios virgens, com os mamilos eretos no meio de uma aréola rosa, lhe recordou imediatamente sua prima Leticia, por quem tinha se apaixonado na adolescência, no dia em que a viu nua com meio corpo mergulhado no lago da fazenda, cujos seios nunca pôde tocar, uma cena que lhe veio à cabeça anos depois, em Paris, quando leu o verso de Apollinaire: "*Je rougirais le bout de tes jolis seins roses*"[6]. Fabricio ficou atônito por um momento, mas depois se atirou sobre aquele busto delicioso com a voracidade de uma criança faminta. Yolanda tentou contê-lo, sufocada, depois se levantou e começou a vestir-se.

— Agora não – disse. — Agora não. Por favor. Vai haver uma outra vez.

Não houve. Fabricio recebeu a notícia de que tinha obtido uma nova bolsa para continuar seus estudos em Paris e precisava imperiosamente estar lá no início de setembro. Estavam em meados de agosto. Nos últimos quinze dias saíram de novo, mas raramente sozinhos, porque Milagros reapareceu, se incorporou aos passeios e não havia maneira — nem Yolanda se esforçava muito — de se livrar dela. No início de setembro, Fabricio partiu de Madri. Yolanda e Milagros foram se despedir dele na estação do Norte. Combinaram que iriam se escrever. Por precaução (o pai coronel), decidiram que Fabricio deveria mandar suas cartas para o endereço de Milagros.

Foi uma correspondência contínua e calorosa. Contavam um ao outro seus afazeres cotidianos, lembravam os melhores momentos em Madri, faziam planos para o futuro, planos que não excluíam um possível casamento.

---

[6] "Eu tingiria de vermelho a ponta de teus lindos seios rosados." Em francês no original. [N. T.]

Em meados de dezembro, Fabricio concluiu a primeira parte do seu *stage* e anunciou a Yolanda que no Natal iria a Madri para passarem alguns dias juntos. Marcaram um encontro no café La Cachimba, dia 23 de dezembro, às sete da noite.

Fabricio jamais esqueceu aquele encontro. Como estava chovendo, Yolanda veio com uma capa bege e uma inesperada e luminosa boina verde, da qual seus cabelos castanhos escapavam aos borbotões. Fabricio tinha alugado um quarto num albergue elegante e discreto perto da Plaza Mayor. Nessa noite só ficaram conversando no café, de mãos entrelaçadas sobre a mesa, mas combinaram outro encontro no dia seguinte, véspera de Natal, numa esquina de Vallecas, porque era nesse bairro que moravam os avós de Milagros, que comemoravam o Natal em família e onde Yolanda costumava ir depois de jantar em sua casa. Na verdade, isso era um álibi, acertado entre os três, para que Yolanda e Fabricio pudessem estar sozinhos à meia-noite.

O encontro em Vallecas seria às onze da noite. A partir das nove Fabricio já estava vestido, rodando impaciente pelo confortável quarto do albergue, examinando cada detalhe do ambiente onde passaria o Natal com Yolanda: o presente que tinha trazido de Paris (um lenço Christian Dior), a garrafa de champanhe no seu balde de gelo, uma travessa com salgadinhos, o buquê de rosas vermelhas no vaso. Seu coração batia acelerado, enquanto matava o tempo fumando um cigarro depois do outro. Às dez e meia saiu, pegou um táxi e se dirigiu ao ponto de encontro em Vallecas.

Nunca imaginou que naquele bairro popular o Natal fosse festejado nas ruas. As calçadas estavam cheias de moradores conversando e se congratulando aos berros nas portas das casas, turmas de rapazes que passavam cantando e bandas que percorriam as ruas tocando pandeiros. Fabricio localizou a esquina onde tinham combinado e ficou à espera. Estava cinco minutos adiantado. Na hora marcada, ouviu que chamavam seu nome e, quando se virou, topou não com Yolanda, mas com Milagros. Puxando-o pelo braço, a garota o obrigou a atravessar a multidão, sem dizer uma palavra.

— Vim te dizer uma coisa – finalmente falou. — Um recado da Yolanda. Ela diz que não quer mais te ver, que não a procure mais, não lhe escreva mais.

Fabricio parou, transtornado. Por um instante pensou que ia cair no chão. Sua expressão de incredulidade, de surpresa e abatimento devia ser tal que Milagros o estreitou nos braços.

— Desculpe – sussurrou ela em seu ouvido. — Desculpe por essa notícia ruim. Mas as coisas são assim. Yolanda não me deu nenhuma explicação. Só digo o que ela me disse.

Afastando-se, ficaram de mãos dadas. Fabricio olhava para os minúsculos olhos azuis de Milagros, esperando dela algo mais, uma razão, uma esperança. Só pôde vislumbrar uma vaga piedade e, ao mesmo tempo, algo mais ambíguo, secreto, que não conseguiu decifrar naquele momento.

Soltou as mãos de Milagros e, sem dizer nada, se afastou dela, saiu pelas ruas jubilosas de Vallecas, atravessando a multidão febril, ensurdecido pelo barulho dos pandeiros, assediado por turmas de jovens alegres que lhe ofereciam vinho nuns odres rubicundos. Afinal encontrou um táxi. Meia hora depois estava no albergue. Já era meia-noite. Os hóspedes estavam comemorando o Natal na sala de jantar e o convidaram para participar da festa. Mas Fabricio passou ao largo, movido por uma ideia fixa: ir embora dali o mais rápido possível, fugir do centro de sua dor. Havia um trem noturno para Paris à uma da manhã. Jogou suas coisas na mala e, desdenhando o presente e a garrafa de champanhe, se dirigiu para a estação Norte; uma hora depois estava viajando para Paris.

Nunca mais viu Yolanda nem teve nenhuma notícia dela. Em Paris, depois de alguns dias de reflexão e sofrimento, lhe escreveu várias cartas implorando que ela explicasse sua atitude, cartas que sempre mandava para a casa de Milagros (Yolanda nunca lhe dera o próprio endereço), mas nunca recebeu nenhuma resposta. Os anos foram passando, teve novos amores e aventuras, casou-se, aquele velho romance de Madri foi afundando em sua memória até não sobrar mais nada dele, exceto em sonhos agitados depois dos quais sempre acordava com o desencanto de um prazer inacabado. Yolanda não existia mais. Até aquela manhã em que a viu passar pela Piazzetta de Capri e a perseguiu desesperadamente até perder sua pista na praia dos *faraglioni*.

Depois daquela busca fracassada, exausto com a subida de volta para o mirante (mil degraus, diziam os folhetos turísticos), Fabricio se jogou no sofá da sala, desanimado, e ficou fumando sem parar enquanto a tarde caía. Nem sequer teve ânimo, como já fazia parte da sua rotina, para tomar um pouco de sol na sua adorável varandinha, desfrutando da esplêndida vista da Marina Piccola e do monte Solaro. Só se levantou ao anoitecer, para abrir uma das garrafas do Château Pavie 1965 ainda intocadas. Depois da terceira taça, seu otimismo havia renascido e decidiu vasculhar Capri de cabo a rabo em busca da visão perdida. Andou por lugares conhecidos e se aventurou por vielas ignotas, entrando em bares, restaurantes e lojas (em alguns bares aproveitou para tomar um copinho de xerez), arriscou-se em pátios recônditos e espiou pelas janelas de albergues iluminados. Às vezes, tinha a impressão de estar percorrendo uma cidade inventada, mitológica, onde cruzava nas ruas com Dianas e Afrodites de minissaia, com robustos mancebos bastardos de Zeus vestidos por Cerruti, mas também com monstros saídos do Averno, turistas enrugados e barrigudos que tinham ido respirar seu último verão ou caprenses enfermiços se arrastando penosamente pela íngreme Via Sopramonte com sua morte às costas. Alta noite, já estava bêbado, exausto, confuso e derrotado. Voltou tropeçando pela Via Tragara, parou um instante para contemplar um arco de tijolos que parecia ver pela primeira vez — e tinha passado tantas vezes por ali! — e, voltando para casa, quase não teve forças para andar até a cama e se jogar nela de roupa e tudo.

Já avançada a manhã, acordou exausto, mas com uma ideia que havia germinado enquanto dormia: para encontrar alguém, valia mais a pena sentar-se num café da Piazzetta do que ficar andando pelas ruas de Capri. Ali era o ponto nevrálgico da vila, um lugar obrigatório por onde todos os habitantes passavam em algum momento do dia. Ao meio-dia já estava sentado na varanda do Gran Caffè bebendo um negroni. Era domingo, e as cinco vielas que convergiam para a Piazzetta traziam uma população compacta de veranistas e turistas ocasionais que se entrecruzavam e depois se espalhavam pelas vias de dispersão. Fabricio constatou mais uma vez que nessa época do ano a maioria dos veranistas era de pessoas idosas, e isso, pensando no seu caso, lhe provocou um profundo desânimo, muito embora considerasse que, com seus 50 anos, ainda não tinha títulos suficientes para fazer parte desse clube.

Às três da tarde, Fabricio se deu por vencido. Estava com uma dor de cabeça insuportável, não só por causa dos negroni que tinha bebido, mas pelo esforço de concentração que fizera para examinar cada mulher que passava (às vezes alguma o sobressaltava, quando via nela algo em comum com sua modelo). Pensou, resignado, que na véspera fora vítima de um erro de percepção ou de uma alucinação. Teria de esquecer aquele incidente e voltar à sua tranquila, embora tediosa, temporada na ilha. Chamou o garçom e, enquanto pagava a conta, viu uma mulher atravessar aceleradamente a Piazzetta. A princípio não a reconheceu, porque ela estava com um jeans azul (nunca tinha visto Yolanda de calça), um jeans apertado que moldava seu corpo muito juvenil, e um chapéu de palha com uma fita azul. Mas, quando ela já estava saindo do seu campo de visão, distinguiu a pinta. Sem esperar o troco, levantou-se e foi atrás dela, que tinha entrado na Via Bothegge. Era uma das ruas mais estreitas e movimentadas de Capri, pelo grande número de pequenas lojas de roupa, artesanato, bares e armazéns que havia lá. Fabricio temeu perdê-la de novo no meio da multidão, mas finalmente a viu parada em frente à vitrine de uma farmácia. Parou atrás dela, com o coração batendo forte.

— Yolanda — murmurou, e no mesmo instante a mulher virou o rosto.

Olhou para ele por um tempo, sem nenhuma reação. Fabricio achou que era mais jovem do que tinha previsto e se perguntou novamente se não tinha sido vítima de uma confusão.

— Yolanda Gálvez, ou estou enganado?

E segundos depois aquele rosto frio e desconfiado se abriu num sorriso luminoso (o mesmo, descobriu Fabricio, que o surpreendera vinte anos antes, quando a ajudou a se levantar no passeio de Argüelles).

— Mas não... não acredito... Fabricio? O que você está fazendo aqui?

— Eu pergunto a mesma coisa.

— Espere, deixe eu me recuperar... Eu nunca iria pensar...

Fabricio pegou suas mãos.

— Vamos, vamos tomar alguma coisa. Temos muito o que conversar.

Yolanda olhou o relógio.

— Agora não posso. Estou com pressa. Tenho que voltar para o hotel, estou esperando uma ligação de Nápoles, do meu marido, e depois vou para Anacapri. Só saí um instantinho, precisava comprar uma coisa na farmácia... uma tesourinha de unhas. Sempre que viajo esqueço alguma coisa. Mas me deixe olhar um pouco para você. Não, não mudou nada. Talvez... Sei lá, algo no olhar. Mas que cheiro! Você andou bebendo?

— Yolanda, por favor, vamos só tomar um café, não me faça essa desfeita, depois de tantos anos.

— Espere um minutinho. Vou comprar o que preciso e depois você me acompanha até meu hotel. Vamos conversando no caminho.

Yolanda entrou na farmácia e, minutos depois, saiu sorridente.

— Vamos – disse ela, pegando seu braço. — Estou no hotel Quisisana. Depressa. Estou com o tempo contado.

Fabricio se deixou arrastar, enquanto Yolanda ia lhe contando que tinha acompanhado o marido num congresso internacional de cardiologia em Nápoles e aproveitou o fim de semana para dar um pulo até Capri. Era a primeira vez que vinha à ilha. Estava fascinada. No dia anterior tinha descido à praia dos *faraglioni*...

— Eu te vi lá – interrompeu Fabricio. — E depois te segui, até o final da Via Tragara. Mas, quando desci até a praia, você não estava mais em lugar algum.

Yolanda olhou-o incrédula. Tinham chegado à porta do hotel.

— Esta tarde vou a Anacapri com as mulheres de alguns cardiologistas. Mas estou livre depois das seis.

— Estava esperando que você me dissesse isso! – suspirou Fabricio. — Vamos jantar lá em casa, uma casinha que aluguei na Via Tragara. É o número 115. Lembre-se, 115 da Via Tragara.

— Estarei lá às sete – disse Yolanda, antes de roçar os lábios na sua bochecha e desaparecer pela porta do hotel.

Fabricio voltou exultante, quase correndo, para preparar o cenário daquele reencontro inesperado. Ao passar sob o pequeno arco da Via Tragara, de repente parou, sem saber por quê, e observou com curiosidade sua fina estrutura de tijolos e a buganvília cor de groselha que o coroava. Chegando em casa, teve de arrumar tudo porque, como era domingo, Mina não vinha. Depois voltou à Via Bothegge para fazer as compras necessárias: presunto de Parma, melão, raviólis caprenses, queijos, sorvetes e champanhe. Seu único problema era saber onde iam jantar: se no pátio perfumado pelo jasmim, na pequena varanda sombreada por palmeiras e rodeada de vasos com gerânios e plantas verdes ou na sala, que tinha a vantagem de ficar ao lado da cozinha. Escolheu a varanda, porque o dia esplêndido anunciava uma noite quente e clara.

Pouco antes das sete estava tudo pronto e, na varanda, Fabricio fumava, bebendo pequenos goles de xerez e olhando o pôr do sol atrás do monte Solaro. Quantas vezes, nas férias anteriores, tinha se sentado ali mesmo, admirando o mesmo espetáculo, mas nesses momentos não estava esperando ninguém! Por uma simples coincidência, sua vida cinzenta e monótona de Capri tinha virado de cabeça para baixo.

Uma pequena nuvem cinzenta apareceu atrás do monte Solaro, seguida por outra maior. O siroco começou a soprar. Às sete, o céu estava coberto por nuvens altas e escuras que passavam velozes. Fabricio, que já tinha visto mais de uma daquelas tempestades insulares terríveis que inundam as ruas e prendem os nativos em casa, estava se perguntando se o tempo não ia lhe pregar uma peça, quando a campainha tocou. Correu até o portão e, ao abrir, se deparou com Yolanda usando um vestido cinza muito decotado e, sem ornar com ele, incongruente, uma boina verde da qual seus cabelos castanhos escapavam aos borbotões.

— Madri, 1953 – Fabricio sussurrou como se falasse para si mesmo.

— Isso mesmo – disse Yolanda. — Mas vamos, deixe-me entrar e me ofereça alguma coisa, que estou exausta.

Mal tinham se sentado na varanda com duas taças de champanhe – Yolanda lhe contava em detalhes sua cansativa excursão a Anacapri –, quando viram um resplendor atrás do monte Solaro e, no mesmo instante, estourou o primeiro trovão. Um vendaval sacudiu as palmeiras e começou a chover forte. Eles correram para a sala com a bebida na mão. Yolanda tirou a boina para observar com um sorriso a decoração da sala. Fabricio, por sua vez, não parava de olhá-la, sem controlar a emoção, perguntando como Yolanda podia estar ali, com sua figura juvenil, sua graça de colegial, seu sorriso luminoso, mas também sua brusca e impenetrável reserva... E de repente lhe veio à mente o doloroso momento do encontro frustrado no bairro de Vallecas.

Yolanda abriu os lábios como se fosse fazer um comentário, mas Fabricio interrompeu-a.

— Eu nunca entendi, Yolanda, nunca entendi por que naquela noite em Vallecas, aquela noite de Natal, quando eu tinha ido especialmente de Paris, você não apareceu no encontro e mandou Milagros me dizer...

Um novo trovão, fortíssimo, os ensurdeceu. As paredes da casa tremeram e a luz piscou.

— Isso que você diz me surpreende – disse Yolanda.
— Quem não apareceu no encontro foi você.

Dessa vez, o estrondo foi mais próximo e de repente a luz apagou.

— Não tenha medo – disse Fabricio. — Esses cortes de energia duram alguns minutos. Vou pegar umas velas.

Sua previsora esposa sempre tinha um pacote de velas guardado em algum lugar. Fabricio se levantou, esbarrando nos móveis enquanto procurava no bolso o isqueiro para se orientar na escuridão. Lembrou que o deixara na varanda e foi buscá-lo, correndo debaixo do aguaceiro. Na volta, quando o acendeu, viu que o lugar de Yolanda estava vazio.

— Mas... mas onde diabos você se meteu? – exclamou, erguendo o braço com o isqueiro aceso para examinar a sala. Ninguém respondeu. Fabricio ficou confuso, entrou na cozinha e já ia procurá-la no quarto quando ouviu um barulho no banheiro e pouco depois Yolanda apareceu.

— O quê? – perguntou Fabricio. — Como você chegou aí?

— Eu vejo no escuro – Yolanda sorriu.

— Sente-se e não se mexa, por favor. Vou pegar as velas.

Felizmente, encontrou o pacote num dos armários da cozinha. Como não tinha castiçais, pôs umas velas em gargalos de garrafas vazias, outras em pires de café e distribuiu-as pela sala.

— A escuridão não me assusta, mas seria triste estar aqui e não ver você – disse Fabricio. — De qualquer maneira, esse jantar vai ser um fiasco: como vou esquentar os raviólis? O sorvete vai derreter!

— Você se incomoda? – disse Yolanda e, depois de um silêncio, acrescentou: — *Nuit caprense cirius illuminata*.

— O que está dizendo?

— Não sei. Uma coisa que me passou pela cabeça.

Mas calma, você está uma pilha de nervos. Vamos fazer um brinde.

— Está bem – disse Fabricio, sentando-se ao lado dela para pegar sua taça de champanhe. — Tim-tim!

Bateram as taças e beberam num só gole.

— Mas voltando ao assunto – prosseguiu Fabricio. — Aquela noite de Natal em Vallecas, uma das noites mais sombrias da minha vida. O que aconteceu? Você disse que eu não fui, mas posso jurar que estava lá, encontrei Milagros e ela me disse que...

— Já sei, com certeza ela disse que eu não fui jantar na casa dos seus avós. Pura mentira. Levei muito tempo para entender. Milagros estava com ciúmes, inveja, não suportava que eu...

— Mas que miserável, essa cachorra! – exclamou Fabricio, servindo-se outra taça de champanhe. — Eu cortaria o pescoço dela!

— Eu estava na casa dos avós dela e preferi que ela fosse na frente te encontrar. Combinamos que ela viria me avisar quando você chegasse, e eu arranjaria algum pretexto para sair. Mas ela voltou e me disse que você não tinha aparecido. Achei muito estranho, não acreditei e no caminho de volta para casa telefonei para a sua pensão. Lá me disseram que você tinha partido à meia-noite para Paris.

Fabricio ficou pensativo por um instante.

— Então, por causa daquela mulherzinha, a minha vida, a nossa vida, talvez...

— Existem pessoas assim. Aliás, não foi a única vez. Um ano depois da sua partida, conheci um poeta colombiano muito inteligente e ela fez uma jogada parecida. A partir de então, deixei de vê-la. Meu pai foi transferido para Barcelona, nós nos mudamos e nunca mais ouvi falar dela.

— Vamos voltar ao presente – disse Fabricio. — O fato é que estamos aqui, juntos de novo, ou perto disso, para ser mais exato, apesar das manobras daquela miserável... Estou feliz, Yolanda, deixe eu te servir outra taça de champanhe... Mas quando essa luz vai voltar? Pelo menos podemos comer o presunto de Parma e o melão. Vamos, conte um pouco mais sobre você enquanto eu cuido do jantar.

A cozinha ficava ao lado da sala e se comunicava com ela através de uma ampla janela sem postigos, cuja borda de madeira acabava servindo de bar. Enquanto Fabricio preparava algo na cozinha, Yolanda bebia seu champanhe, falando de forma entrecortada.

— Está bem. Em Barcelona estudei literatura na universidade. Mas depois conheci meu marido, Miguel, uns dez anos mais velho que eu, como você – e agora percebo que os dois têm algo em comum, uma coisa meio furtiva, sei lá –, ele tinha terminado medicina e afinal nos casamos; você nunca ouviu falar de Miguel Sender? É o melhor cardiologista da Espanha, bem, um dos melhores, não quero que você me ache pretensiosa, e depois...

Fabricio tinha parado para observar Yolanda através da janela. Ele a via de perfil, no sofá, contando suas coisas sob a luz incerta das velas, parecia quase fantasmagórica, com uma voz que se assemelhava a um recitativo vindo de outro mundo, a tal ponto que se perguntou se ela estava mesmo lá ou era outra alucinação.

— E quando aconteceu o acidente? – quis saber de repente.

— Que acidente? – perguntou por sua vez Yolanda.

— Essa cicatriz na sua têmpora, quase invisível sob o cabelo.

— Ah, um acidente que tivemos na estrada para Valência. Não foi nada. Mas, como eu ia dizendo, Miguel é um grande cardiologista. Então, já sabe. Se alguma vez você tiver algum problema no coração, não deixe de me avisar.

— Infelizmente – disse Fabricio –, os problemas que tenho no coração não podem ser tratados por um cardiologista.

— Isso é um comentário barato – observou Yolanda. — Eu sabia que você ia dizer algo assim.

Fabricio voltou para a sala trazendo o presunto, o melão e os talheres numa bandeja.

— Não faço questão de ser muito original. Vamos continuar com o champanhe ou abro uma garrafa de bordeaux?

— Tanto faz. Mas veja só, por enquanto só quem falou fui eu. Agora é sua vez. Você é um grande jurista, suponho.

— Nada disso, coisa bem pior! Sou funcionário internacional. Trabalho na Unesco há quase vinte anos. Dirijo um departamento que cuida de... Mas para que falar! Digamos que eu reúno comissões para fazer relatórios que são repassados a outras comissões que fazem outros relatórios, e assim por diante...

Voltou a retumbar um trovão, as paredes tremeram, a tal ponto que a luz das velas quase se extinguiu, enquanto lá fora, no pátio e na varanda, a chuva caía cada vez mais forte.

— A tempestade está se despedindo – disse Fabricio. — Já as conheço muito bem. Daqui a cinco minutos...

De repente se interrompeu. Notou que Yolanda não tinha tocado no prato e era como se estivesse ausente, olhando para o espaço. À luz das velas, seu cabelo castanho parecia vibrar, soltar faíscas como um feixe de palha em chamas. E ao lado dos lábios, aquela pinta.

— É curioso – disse Fabricio. — Eu nunca te contei? Aos 15 anos me apaixonei por uma prima que tinha uma pinta exatamente onde você tem a sua. Foi um amor louco, estúpido, eu nunca consegui sequer beijá-la. Mas... Está me escutando?

— Estou — disse Yolanda, sobressaltada. — Sua prima Leticia, aquela da pinta... e depois?

— Depois, nada — sussurrou Fabricio. Teve a sensação de que em algum momento fora cortado um fio entre ele e Yolanda, e sentiu-se profundamente infeliz. Tomou um gole da taça de vinho e ficou com a cabeça enterrada entre as mãos.

— Venha — de repente ouviu Yolanda dizer.

Quando ergueu a cabeça, viu-a reclinada no sofá, com os braços estendidos e as palmas das mãos abertas.

— Venha, Fabricio, venha... Não fique com essa cara de menino que está de castigo. Esqueça a sua prima da pinta. Por acaso eu não estou aqui?

Fabricio se aproximou e pegou suas mãos. Esse contato foi o suficiente para sentir-se inundado por uma seiva morna que anulava seu desânimo e o enchia de ardor. Yolanda estava respirando profundamente, com os olhos semicerrados, e em cada inspiração seu busto se inflava e transbordava para fora do decote. Seu busto, aquele busto que tantos anos antes, na pensão de Argüelles, ele tinha contemplado em seu esplendor púbere, aquele busto que era como um duplo arauto que lhe abria as portas de um palácio virginal, mas que quase não pôde tocar antes que...

— Venha, Fabricio — repetiu Yolanda. — Você lembra o que me disse na sua pensão de estudante?: "*Je rougirais le bout de tes jolis seins roses*".

No mesmo instante, Fabricio fez o vestido de Yolanda descer pelos ombros e expôs seus seios, os mesmos de então, brancos, redondos, sólidos, com suas aréolas rosadas e os mamilos eretos. Mas de repente um pensamento inesperado passou pela sua mente.

— Eu não disse essa frase, posso jurar. Como posso ter dito? Eu não sabia francês naquela época, nem tinha lido Apollinaire.

— Tem certeza? Espere. Bem, talvez... talvez tenha sido aquele poeta colombiano. Ele lia poemas para mim. Fomos...

— Esqueça o seu poeta colombiano! – exclamou Fabricio, sem conseguir se conter, e se jogou sobre os peitos de Yolanda. Lá fora o silêncio reinava. A chuva tinha parado de ressoar nos telhados, no pátio e nas palmeiras da varanda. As velas crepitavam e se apagavam nos castiçais improvisados. "*La seconde chance*"[7], pensou Fabricio, mordendo os lábios de Yolanda com furor.

Acordou ao amanhecer, nu, tiritando no sofá da sala. As luzes estavam acesas, porque em algum momento a eletricidade deve ter voltado. Mas Yolanda não estava lá. Procurou em vão por toda a casa, sem encontrar o menor vestígio, um objeto, um bilhete dela. A mesa de centro estava desarrumada – as garrafas vazias de bordeaux –, mas os pratos, arrumados e limpos na pia da cozinha. Enrolando uma toalha em volta do corpo, foi para a varanda com a esperança... Mas só viu a mesinha e as cadeiras vazias, um resplendor atrás do monte Tuoro e um céu azul pálido que anunciava, ainda clareando, um dia esplêndido.

Voltando à sala, tentou relembrar em ordem cronológica os acontecimentos daquela noite insensata. Em algum momento tinha perdido a consciência de tudo. Só se lembrava das roupas jogadas no chão, o som de uma garrafa sendo aberta, uma vela que apagou. E depois a fadiga, as sombras, o esquecimento e o sono. Deu mais

---

7 "A segunda chance." Em francês no original. [N. T.]

algumas voltas enrolado na toalha, pensando de repente no imperador Tibério, que, vinte séculos antes, devia ter andado pelos corredores do palácio até o amanhecer depois de uma noite diabólica, envolto em sua túnica e procurando a si mesmo entre os escombros das recordações. Mas suas pernas estavam se dobrando de cansaço e, sem forças para perguntar mais, jogou-se no sofá e adormeceu de novo.

    Acordou revigorado, lúcido, no meio da manhã. Em outras situações, em outras férias, fiel à sua rotina, teria preparado um café com torradas para depois tomar um pouco de sol na varanda, esperando dar meio-dia para ir à Piazzetta, comprar os jornais e folheá-los no Gran Caffè tomando uma laranjada. Mas isso agora era impossível. Sua rotina tinha se espatifado. Ele precisava ver Yolanda outra vez. Ainda estava impregnado com o cheiro dela, cercado por sua presença invisível. Lembrou que em algum momento ela dissera que ia voltar para Nápoles naquela segunda-feira ao meio-dia, para se encontrar com o marido e regressar a Barcelona. No mesmo instante se vestiu e saiu disparado em direção ao hotel Quisisana. Aquele encontro casual, tardio, não podia ter sido um sonho ou fruto de sua imaginação. Foi direto à recepção e, quando o funcionário lhe perguntou quem estava procurando, Fabricio hesitou.

— Yolanda Gálvez — disse finalmente.

O recepcionista olhou seu registro.

— Não há nenhuma Yolanda Gálvez.

Fabricio deduziu que ela devia estar registrada com o sobrenome de casada, e espremeu os miolos por alguns momentos para lembrar o nome do marido.

— Yolanda Sender — disse por fim.

O recepcionista verificou novamente o registro.

— Não há nenhum Sender.

— Ontem vim com ela até aqui – insistiu Fabricio. — Deixei-a na porta do hotel. De tarde ela ia fazer uma excursão para Anacapri.

— Digo que não está registrada. Muita gente entra aqui no hotel sem estar hospedada.

— E as senhoras que estavam com ela? Mulheres dos médicos. Está havendo um congresso de cardiologia em Nápoles. Verifique.

O funcionário virou-se para um colega.

— Você sabe de algum congresso de cardiologia em Nápoles?

— Nenhum congresso, que eu saiba. Costumam começar em outubro, acho.

Fabricio voltou para casa confuso, num estado de profundo desânimo. Os negroni, o champanhe, o bordeaux que bebeu na véspera teriam perturbado sua mente a ponto de imaginar coisas que não tinham acontecido? Rejeitou essa ideia, mas lhe ocorreu outra. Yolanda estivera em Capri, sem dúvida, mas não no hotel Quisisana. Ela simplesmente fingiu que estava hospedada lá, porque era o hotel mais caro e elegante da ilha e quis *esnobar*. Talvez tenha ficado numa modesta pensão na Via Sopramonte, quem sabe até mesmo o famoso marido cardiologista fosse mentira.

Fabricio estava na Via Tragara, a extensa rua que ele percorria todos os verões e que sempre lhe dava uma emoção inexplicável, vinda não apenas da beleza de suas mansões – muitas delas transformadas em hotéis – ou da magnífica vista para o mar Tirreno. Ao chegar ao arco de tijolos, parou. E sua memória resplandeceu: sim, aquele arco simples, coroado de buganvílias cor de groselha, era o mesmo que ele tinha visto na infância, num álbum com cartões-postais e gravuras que havia em sua casa. Seu pai gostava tanto da imagem daquele arco, tirada de uma velha revista de turismo, que decidiu construir um igual, porém menor, numa passagem do jardim. As obras começaram, mas no meio do caminho o pai adoeceu, pouco depois morreu, e o arco ficou inacabado para sempre. O verdadeiro, contudo, o arco que ele nunca conseguiu cruzar em sua casa, estava lá. E aquilo que nunca pôde acontecer tinha adquirido vida, e por isso — agora entendia — toda vez que passava por baixo dele sentia um sopro de entusiasmo primaveril, como se voltasse aos dias mais bonitos de sua infância. Cruzar o arco era uma maneira de voltar ao passado para reviver o que aconteceu ou refazer o que não aconteceu.

Exultante com essa descoberta, que era ao mesmo tempo um pressentimento, Fabricio continuou seu caminho andando cada vez mais rápido, procurando nervosamente as chaves no bolso, ansioso para chegar em casa o mais cedo possível. Diante do portão, ficou tremendo por alguns momentos, quando percebeu que a porta da sala estava entreaberta e que lá dentro se ouvia um rumor de passos. Empurrou o portão, e já estava atravessando o pátio quando a porta da sala se abriu e Mina, a empregada, apareceu com o saco de lixo na mão. Mina! Tinha esquecido que ela viria fazer a limpeza pouco antes de meio-dia.

— Tudo em ordem, *signore* Fabricio. *Domani* às onze, como sempre. *Buon giorno.*

Fabricio ficou encostado na porta da sala, decepcionado mais uma vez. Afinal deu um passo para entrar, enquanto Mina lhe avisava através da grade:

— Encontrei uma coisa debaixo do sofá, *signore* Fabricio. Deixei em cima da *tavola. Arrivederci.*

Quando entrou na sala, Fabricio viu na mesa de centro um objeto que resplandecia entre as revistas e cinzeiros de majólica: a boina verde. Pegou-a nas mãos, apertou-a, aspirou seu cheiro, o cheiro de Yolanda e um outro cheiro, mais sutil, que parecia vir de muito mais longe. Um pequeno pedaço de papel caiu de dentro. Quando o apanhou, leu:

"*Tu as rougi le bout de mes jolis seins roses.*"[8]

E, embaixo, uma inicial confusa que poderia ser um Y ou um L.

Capri, 17 de setembro de 1993

---

8 "Você tingiu de vermelho a ponta dos meus lindos seios rosados." Em francês no original. [N. T.]

A casa na praia

Como estávamos em Lima naquele verão, Ernesto e eu decidimos pôr em prática nosso velho projeto de encontrar uma praia deserta onde construir nossa casa. Nós dois morávamos na Europa desde a juventude, mas quando chegamos aos 50 anos percebemos que estávamos fartos das grandes cidades. Não aguentávamos a agitação, a estridência de seus meios artísticos e a sofisticação da vida social. Tínhamos consciência, também, de que já havíamos aproveitado bastante a vida na Europa e achávamos que era o momento de recolher-nos em um lugar tranquilo e primitivo, e até solitário, para continuar trabalhando em nossas coisas mais perto da natureza e de nós mesmos. E esse lugar só poderia ser a costa peruana, já que nós dois tínhamos nascido à beira-mar, brincado durante a infância nas vastas praias do sul, tínhamos crescido explorando suas dunas e restingas e mantido para sempre a marca daquela paisagem aparentemente baldia, mas para nós carregada de presenças, de poesia e de mistério. Saturados de cosmopolitismo, tínhamos ouvido dentro de nós, como disse Ernesto, "o chamado do deserto".

Assim, quando nos encontramos em Lima naquele verão, partimos em busca de um local adequado para o nosso futuro refúgio. Nossa primeira expedição foi para

Conchán, a extensa praia retilínea que vai do morro Solar até o rio Lurín, 50 quilômetros ao sul de Lima. Mas concluímos de cara que aquela praia não se encaixava em nossos planos. Para começar, ficava perto demais da capital, o que nos deixava à mercê de visitas intempestivas e contrariava nosso desejo de isolamento. Depois, a violência daquele mar com ondas gigantescas que atingiam 8 metros de altura na Semana Santa. Era uma praia boa para passar o dia, pegar sol, molhar os pés, mas não para tomar banho ou nadar, muito menos morar lá. Só alguns pescadores continuavam enfrentando, desde tempos imemoriais, aquele mar agitado e traiçoeiro. Dessa vez os vimos cavalgar suas embarcações de junco mar adentro, atacar intrepidamente as altas paredes de água que avançavam rugindo em direção à costa e chegar invictos à zona calma onde jogavam suas redes. Voltavam empurrados pelos solavancos e, já na praia, formando uma fila compacta, puxavam a rede com uma corda fazendo movimentos rítmicos, pontuados por gritos de encorajamento.

Contudo, o problema mais grave de Conchán é que tinha deixado de ser uma praia solitária. Os tempos haviam mudado. Antes, só algumas famílias chegavam lá, de carro, nos fins de semana, e, como a praia era muito grande, podiam se distribuir em dezenas de quilômetros e cada qual se sentir em sua praia particular. Agora, no verão, os carros chegavam em caravanas, esparramando casais, famílias e verdadeiras tribos que plantavam seus guarda-sóis na areia e povoavam o extenso litoral com gritos e jogos. Mas, além disso — a ocupação de Conchán por uma densa classe média motorizada —, um novo perigo pairava sobre aquele lugar: os habitantes das novas povoações que brotavam atrás das colinas arenosas desciam como formigas a encosta íngreme de Lomo de Corvina e, depois de uma hora de caminhada, atravessavam a Panamericana e se espalhavam ao longo da costa com suas bolas de futebol, suas marmitas, sua prole interminável e sua roupa de banho improvisada, os homens geralmente de cuecas por cujas bordas frouxas se viam testículos sem pelos. Este fenômeno – a gradual porém incontornável transformação de Conchán, de praia para privilegiados em praia popular – pode ter um grande interesse para sociólogos, antropólogos ou cientistas políticos, mas Ernesto e eu éramos apenas artistas com poucos recursos e idade um tanto avançada, cujo único interesse era encontrar um lugar tranquilo onde passar o resto dos nossos dias.

Descartando Conchán, fizemos novas incursões nos dias seguintes, cada vez mais longe, e constatamos que os antigos e rústicos balneários de Punta Negra, Punta Hermosa e San Bartolo tinham crescido e tendiam a se unir e formar uma aglomeração única, e que mais ao sul, até Pucusana, haviam surgido grupos de casas, simples ou luxuosas, em enseadas e praias antes solitárias, destinados a se tornar verdadeiros balneários no futuro. Decididamente, se quiséssemos encontrar o lugar ideal, tínhamos de nos aventurar ainda mais longe.

Foi o que fizemos no ano seguinte, quando nos reencontramos em Lima durante o verão. Mas dessa vez, como não tínhamos muito tempo a perder com sucessivas explorações vizinhas, decidimos ir direto para Ica, cerca de 300 quilômetros ao sul. Para ter mais segurança, conseguimos o contato de um advogado local que conhecia perfeitamente a região e poderia, com seus conselhos, nos poupar de rodeios inúteis.

Na velha mas robusta caminhonete Ford de Ernesto – que ele sempre deixava em Lima para usar em suas viagens ao Peru –, fomos diretamente para Ica, onde alugamos um bangalô no Las Dunas e, sem perder tempo, fomos visitar nosso conselheiro, o dr. Tacora. Sem vacilar, ele nos disse que o lugar que procurávamos existia: era Laguna Grande, uma enseada onde ele tinha uma casinha isolada na qual costumava passar alguns dias por ano se dedicando, como disse, "à pesca, à leitura e à meditação", frase que adorei por suas ressonâncias românticas e rousseaunianas. Infelizmente, continuou, ele não poderia ir conosco até lá, mas no dia seguinte passaria cedo no hotel para guiar-nos até o desvio onde devíamos virar.

De fato ele apareceu, mas às onze da manhã, quando Ernesto e eu já estávamos rogando praga contra nosso mentor. Seguimos seu Volkswagen vermelho pela Panamericana por cerca de 20 quilômetros, entre planícies áridas e montanhas nuas, vendo caminhos terrosos que volta e meia penetravam misteriosamente no deserto na direção do mar. Por fim o Volkswagen parou junto a um deles.

— Este é o desvio – disse ele –, é só seguir em frente, sem sair do caminho principal. Laguna Grande fica a uns 30 quilômetros. Em duas horas vocês chegam.

Depois nos deu a chave de sua casa, dizendo que se quiséssemos podíamos descansar ou passar a noite lá, e se despediu, deixando-nos sozinhos na estrada solitária debaixo de um sol de rachar. Ao longe, os bancos de areia reverberaram sob a canícula. Ficamos olhando para aquele lado por algum tempo, indecisos.

— Vamos lá – disse por fim Ernesto, e, dando a partida na velha caminhonete, enveredamos pelo desvio que levava a nossa praia.

Vimos logo que estávamos entrando em terra desconhecida. O desvio, no início pavimentado com cascalho, logo se transformou numa simples trilha na areia, que se tornava cada vez mais difusa e se subdividia numa multidão de trilhas que partiam em várias direções ou se entrecruzavam para juntar-se mais adiante. Seguimos a recomendação de nosso conselheiro e tentamos não sair da trilha principal, se bem que muitas vezes era difícil saber qual era a principal. Mas uma espécie de instinto ia nos levando para a costa, depois de sucessivas tentativas, em meio a uma paisagem cada vez mais árida e acidentada. Circundamos altos morros baldios, dunas, leitos secos de antigos riachos, sem ver uma única planta, animal ou homem, morrendo de calor, assustados, mas ao mesmo tempo fascinados pela solidão e o silêncio do deserto.

Por fim o terreno ficou mais plano, sentimos na pele que o ar se tornara um pouco mais fresco e, contornando uma colina, vislumbramos o mar no final de uma planície ligeiramente inclinada.

— Hurra! – exclamou Ernesto, depois acelerou o carro e, quinze minutos depois, estávamos em Laguna Grande.

Era uma enseada, de fato, mas, ao contrário do que tínhamos esperado (o dr. Tacora nos falara de uma praia deserta), era habitada. Uns vinte casebres de madeira se alinhavam diante de uma calma e extensa lagoa de água salgada cercada por dois promontórios rochosos. Havia alguns barcos a remo na areia, e pelo menos uma centena de moradores, incluindo homens e mulheres, circulava em frente aos casebres ou labutava na lagoa, com água até a cintura, capturando algo que enfiavam em pequenas cestas.

A princípio, o surgimento da nossa caminhonete pareceu surpreendê-los, mas depois continuaram a trabalhar sem nos dar a menor importância.

— Tacora deve estar louco – disse Ernesto –, ele chama isso aqui de praia deserta. E onde diabos será a casa dele?

Longe dos casebres, já numa ponta da praia, divisamos uma construção cinzenta. Quando nos aproximamos, vimos uma moradia rústica, quadrangular, de madeira bastante apodrecida. Essa era a casa, sem dúvida, pois nossa chave abriu o grosso cadeado de sua única porta.

Lá dentro havia dois catres, uma mesa com suas cadeiras e um fogão ligado por uma mangueira a um bujão de gás. Cheirava a mofo e a lugar fechado. No chão de terra batida, vimos duas aranhas-do-mar que se refugiaram atrás de uns apetrechos de pesca.

— Porra — exclamou Ernesto —, que tristeza!

Para piorar, fazia um calor dos diabos e estávamos morrendo de sede. Tínhamos levado para a excursão uma sacola com sanduíches de queijo e um garrafão de água. O queijo havia derretido durante a travessia do deserto e a água estava morna.

— Vamos tomar uma cerveja na enseada e comprar uns peixes – propus. — Cozinhamos aqui, comemos, e depois pensamos no que fazer.

No caminho de volta para a enseada, vimos uns pescadores saindo da lagoa com os cestos cheios de mexilhões e conchinhas. Um barco a remo tinha chegado do mar e descarregava roncadores e corvinas.

— Primeiro a sede, depois a fome – disse Ernesto.

E continuamos pela margem até encontrar um pequeno armazém entre os casebres. No chão de areia havia um negro enorme deitado, roncando. Além dele, não se via mais ninguém.

— Quem atende aqui? – perguntou Ernesto. — Pode-se tomar uma cerveja?

Ninguém respondeu. Mas depois de algum tempo ouvimos um barulho atrás do balcão e uma voz sussurrante:

— O que vocês disseram?

Demoramos um pouco para descobrir, em meio aos potes de biscoitos, balas e pirulitos que cobriam o balcão, uma testa, olhinhos penetrantes e, quando pulou por cima do negro, vimos uma mulher diminuta, uma verdadeira anã. Logo ela subiu num banco e ficou da nossa altura.

— Por favor – disse Ernesto –, tem cerveja gelada?

Nesse momento, o negro acordou.

— Que belo cochilo! – exclamou, erguendo o tronco e esticando os braços para se espreguiçar. — Agora estou novo em folha. Olga, me prepare um caldinho.

Quando ele se levantou – sua cabeça quase batia no teto de bambu –, ficou nos observando com desconfiança por um instante e depois mostrou todos os dentes.

— Bem-vindos a Laguna Grande. Turistas?

— Somos amigos do dr. Tacora.

O negro deu uma risada.

— Aquele velho babaca! Olga, atenda os senhores.

A anã tinha colocado uma garrafa de Cristal e dois copos em cima do balcão.

— Gelada não temos.

Enquanto isso, o negro se aproximou. Vimos nesse momento que tinha um instrumento perfurante no bolso da calça. Talvez ele só quisesse bater um papo, mas Ernesto e eu, sem dizer nada, preferimos pegar nossa garrafa, pagar e sair dali. O negro nos seguiu até a porta.

— Boa estada em Laguna Grande! – gritou, enquanto já nos dirigíamos para a cabana de Tacora.

No caminho, vimos dois pescadores contando e classificando os peixes.

— Podem nos vender uma corvina?

Os dois nos observaram de cima a baixo. Sem responder, continuaram seu trabalho. Fizemos outras tentativas com outros pescadores e tivemos o mesmo resultado. Um deles nos deu a entender, sem muita convicção, que aquela pesca era para consumo próprio. Quando já estávamos voltando para a casa de Tacora, desanimados, uma mulher nos alcançou com uma corvina na mão, ofereceu-a por um preço exorbitante e, a contragosto, tivemos de comprá-la.

Mas, quando chegamos, descobrimos que não havia gás no bujão e, além do mais, não sabíamos como cortar a corvina e tirar as escamas. O calor, que se infiltrava pelo teto de madeira, estava cada vez mais intenso. Sem alternativa, tivemos de beber nossa cerveja morna e devorar os sanduíches derretidos.

Apesar do calor opressivo, decidimos conhecer os arredores. Saímos da cabana, andamos até o final da enseada, escalamos umas rochas e encontramos outras enseadas menores que Laguna Grande, mas com praias muito estreitas, assoladas por ondas desencontradas. Seguimos adiante e chegamos a outra praia, também pequena, mas rochosa e cheia de recifes.

— Vamos em frente? – perguntei.

— Nem a pau! – respondeu Ernesto. — Estou morrendo de fome. E, com esse sol, vamos ficar esfolados!

Chegamos à cabana de Tacora exaustos e desidratados. A enseada estava deserta. Pelo cheiro de peixe frito que vinha dos casebres, deduzimos que os moradores estavam almoçando. Entramos de cueca no mar, para nos refrescar, e depois descansamos nos catres. Mas o calor era insuportável.

— Uma cervejinha bem gelada no hotel Las Dunas! – suspirei.

— Agora mesmo – concordou Ernesto. — Viva a civilização!

Minutos depois, partimos de Laguna Grande na velha caminhonete. Minha última visão foi o negro gigantesco que, sozinho na praia, sorridente, observava nossa partida. No meio do caminho, em pleno deserto, Ernesto percebeu que sua carteira, que deixara por descuido no porta-luvas do carro, tinha desaparecido.

Essa expedição foi um fracasso, mas isso não nos desencorajou. De volta a Paris, voltamos a abordar o projeto em nossos encontros esporádicos, à luz do que chamávamos de "o fiasco de Laguna Grande", do qual tiramos lições úteis. Para começar, era essencial que a praia fosse absolutamente deserta. Era evidente que os moradores daquelas enseadas isoladas não viam com bons olhos o aparecimento de estranhos em seu território, presságio de outras aparições e prováveis assentamentos que ameaçavam sua liberdade, seus costumes, seu ambiente e estilo de vida. Mas também era indispensável que essa praia não só fosse deserta como também tivesse um acesso fácil (embora essas duas condições parecessem incompatíveis), para se poder chegar prontamente a um lugar povoado em caso de emergência. Isso também nos levou a repensar a questão da natureza da casa. A princípio, eu tinha imaginado uma espécie de casa típica de Miraflores, com varanda na frente, telhado e jardim, o que era claramente uma aberração. Ernesto, por sua vez, concebeu sucessivos projetos, de uma casa de concreto armado e grandes vidraças até outra de adobe, com janelas estreitas, piso de terra batida e teto duplo de bambu para nos proteger do calor.

Com essas e outras ideias novas, dois anos mais tarde fizemos outra expedição. Dessa vez, Ernesto conseguiu emprestado um robusto Land Rover com tração nas quatro rodas, capaz de se aventurar nos terrenos mais íngremes. Além disso, levamos provisões, um estojo de primeiros socorros e um mapa da região que íamos explorar: uma praia ao sul de Laguna Grande que nos recomendaram por sua extensão, beleza e solidão.

O caminho começava na zona desértica da antiga fazenda Ocucaje. Era uma estrada arenosa bastante larga que se dirigia para o mar, a 40 quilômetros de distância.

O início não era tão inóspito, porque se via um ou outro rancho onde cresciam arbustos e circulavam soltos crianças, cachorros e galinhas, mas, à medida que avançávamos, desaparecia qualquer vestígio de presença humana, e de vegetação só havia umas palmeiras centenárias semienterradas na areia. Uma hora mais tarde, depois de atravessar as instalações abandonadas da antiga fazenda, nos vimos em pleno deserto. Ondulávamos entre dunas que pareciam animadas por um movimento envolvente. Ou percorríamos charnecas queimadas pelo sol. Contornando um morro, encontramos algo insólito: uma dúzia de pirâmides que pareciam obra do engenho humano, mas eram formações arenosas, perfeitamente cônicas, moldadas pelo vento.

— Parecem esculturas – comentei com Ernesto. — As suas.

— São melhores – respondeu Ernesto. — Ninguém supera a natureza.

Quilômetros adiante, desembocamos numa planície marcada por buracos e rachaduras no solo: era uma zona de exercícios militares. Com certeza testavam obuses e granadas ali em certos dias do ano. O deserto se prolongava, sem dar nenhum sinal de terminar, e o terreno foi ficando cada vez mais abrupto. Felizmente, o robusto Land Rover superava todos os obstáculos sem dificuldade. No fim da manhã, depois de subir um morro íngreme, afinal vimos o mar. Por uma trilha bastante larga entre pequenas dunas, a caminhonete se dirigiu rapidamente para lá. Pouco depois, paramos na beira de uma praia extensíssima mas, oh, surpresa!: não era uma praia deserta. Ao pé de uma duna bastante próxima ao mar havia uma dúzia de estranhos casebres feitos de esteira, em torno dos quais vimos um grupo de pescadores, em plena atividade, que prosseguiram suas tarefas sem prestar a menor atenção em nós. Aquela aparente indiferença me trouxe à memória nossa antiga expedição a Laguna Grande. Quis dizer isso a Ernesto, mas ele já tinha descido da caminhonete para examinar pensativamente aquele grupo de moradias. Eram compostas de três esteiras unidas que formavam um cone, com uma grande abertura num dos lados. Pareciam estar simplesmente pousadas sobre a areia, de maneira que pudessem ser transferidas de um lugar para outro ou mudar de posição segundo o vento.

— Uma casa móvel e itinerante – disse Ernesto. — Isso poderia ser uma solução.

Desci também do Land Rover e fomos percorrer a praia, afastando-nos dos pescadores em busca de um local para mergulhar, porque o calor estava aumentando. Dessa vez tínhamos levado roupa de banho, toalhas e até um protetor solar. Minutos depois estávamos submersos naquele mar imenso, de águas frias e transparentes. O local era realmente esplêndido e, enquanto nadávamos ao longo da costa, comentamos que talvez aquele fosse o lugar que estávamos procurando. Por que não?

— Afinal – disse Ernesto –, esses pescadores devem ser nômades, não vão ficar aqui o tempo todo. Quando a pesca não está boa, eles põem suas casas nas costas e vão para outro lugar.

De qualquer maneira, decidimos avançar mais um pouco em direção a um pequeno pedregal que se via ao longe. Mas seria melhor ir de carro. Voltamos para a caminhonete e seguimos pela areia, bem perto da costa. Pouco antes de chegar ao pedregal, ouvimos uma pancada na parte de baixo do veículo, que parou no mesmo instante.

— O que foi? – exclamou Ernesto.

Quando descemos e nos abaixamos, vimos que uma pequena rocha semienterrada na areia havia atingido o chassi do Land Rover.

— Acho que estamos ferrados – disse Ernesto. — O eixo dianteiro envergou.

De fato, vimos que a haste de metal estava um pouco torta.

Como a pedra não nos deixava avançar, o único recurso era sair em marcha a ré.

Ernesto tentou, mas a caminhonete não recuava, e com o esforço os pneus iam afundando na areia. Insistimos um pouco mais, mas era inútil: a caminhonete estava completamente atolada.

— Vamos precisar pedir ajuda – disse Ernesto. — Nós dois não vamos conseguir empurrar sozinhos esse tanque.

Caminhamos ao longo da costa até as moradias dos pescadores. O vento aumentara e notamos que os casebres tinham mudado de posição para que ele não entrasse pela abertura frontal.

— Vocês podem nos dar uma ajuda? – pediu Ernesto a um moreno parrudo que estava afiando um anzol na porta de uma casa. — A nossa caminhonete ficou presa.

— Não vê que estou ocupado? – respondeu sem nos olhar.

Abordamos dois outros pescadores que estavam puxando com esforço a rede que tinham lançado ao mar. A resposta também foi negativa. Nas outras casas, grupos de pescadores e suas esposas estavam se preparando para o almoço. O cheiro de peixe frito, que abriu nosso apetite, também me fez relembrar nossa expedição a Laguna Grande: via naqueles nativos a mesma indiferença despreocupada, que na verdade revelava uma ancestral rejeição aos forasteiros.

Não havia outra opção, voltamos para o Land Rover com esperança de conseguir tirá-lo de lá sem ajuda. Foi o que fizemos, depois de uma hora de trabalho encarniçado.

Sem outro instrumento além de nossas mãos, tivemos de remover a areia de baixo do veículo e fazer um sulco atrás dos pneus traseiros, formando uma rampa pela qual o veículo finalmente conseguiu recuar até a areia molhada e dura da costa. Estávamos exaustos e morrendo de calor.

— Acho que precisamos dar outro mergulho – disse Ernesto.

O vento *paracas* continuava soprando, cada vez mais forte. Para nos proteger, pulamos rapidamente na água. Mas o mar estava agitado demais e pouco depois tivemos de sair, quando já ventava com toda intensidade. A areia mordia nossa pele como uma rajada de chumbinho. Não era à toa que, como eu tinha ouvido falar, *paraca* significa "dentes de areia". Nossos corpos úmidos ficaram completamente impregnados de uma mica prateada, de tal maneira que nos vimos cobertos de escamas feito dois enormes peixes grotescos e bípedes. Por fim nos limpamos com as toalhas, entramos na caminhonete, que avançava com dificuldade devido ao eixo danificado, e voltamos. Levamos mais de quatro horas para atravessar o deserto de Ocucaje, e só ao anoitecer chegamos a Ica, mais uma vez decepcionados e derrotados.

Esse segundo fiasco – tão semelhante ao primeiro que parecia uma nova versão com algumas variantes – não arrefeceu nosso entusiasmo. No ano seguinte, já estávamos em Lima de novo, preparando a próxima expedição. Dessa vez, porém, decidimos inovar: para compartilhar nossa aventura e amenizar a viagem, resolvemos ir com duas amigas.

Sendo ambos casados e com filhos, esse detalhe merece uma digressão. Na verdade, nossas mulheres, depois de trinta anos de casamento, já estavam fartas de nós e não se incomodavam de ver-nos sumir, pelo menos por um bom tempo, sozinhos ou acompanhados. Ambas eram mulheres práticas, capazes de ganhar a própria vida, e tinham feito muitos sacrifícios para que pudéssemos levar nossa vida de artistas. Mulheres abnegadas, é preciso dizer, dispostas a aceitar, em nome de nossa felicidade, aquele projeto absurdo de refugiar-nos numa praia deserta.

Desde já adianto que essa terceira expedição também foi um fracasso, contrariando assim as regras que criam suspense numa história. Mas dessa vez o fracasso se deu por motivos que nada têm a ver com a dificuldade de encontrar praias desertas. Foi devido simplesmente ao garrafão.

Tudo começou de forma muito promissora. Duas jovens amigas, Carol e Judith, foram conosco. Também tivemos a sorte de conseguir hospedar-nos por três dias no Clube de Pesca Peru, um pequeno centro de férias bem perto do hotel Paracas, reservado para os altos funcionários dessa empresa. O clube era lindo: uma dúzia de bangalôs, piscina, sauna, squash, área comum com salões de estar e de jantar, além de funcionários à nossa disposição. Como eram dias de semana, todo o complexo parecia exclusivo para nós.

Gostamos tanto do lugar que passamos o primeiro dia mergulhando na piscina e saboreando os excelentes pratos que um cozinheiro japonês preparava. Nosso plano para o dia seguinte era conhecer, na caminhonete de Ernesto, as praias situadas ao sul de Ocucaje — palco da nossa última expedição —, dessa vez sem guia nem conselheiro, simplesmente ao acaso.

Ao entardecer decidimos visitar o hotel Paracas, para mudar de ambiente e tomar um pisco sour. Foi então que o garrafão entrou em cena, mas ainda não em sua forma real, vítrea e cilíndrica, e sim na forma de dom Felipe

Otárola, que podia ser cilíndrico, porém não vítreo, e era um respeitado viticultor da região. Também era um velho amigo de Ernesto; veio sentar-se à nossa mesinha do bar e nos convidou para visitar no dia seguinte sua pequena vinha em Ica, a única propriedade que lhe restava depois da reforma agrária. Ernesto tentou explicar que só íamos ficar três dias, que nosso único objetivo na viagem era encontrar uma praia deserta, mas Otárola foi inflexível e nos intimou a passar por sua chácara às dez da manhã. Depois nos deixaria livres para continuar aquela busca que, aos olhos dele, era uma estupidez.

Carol e Judith não estavam nem um pouco interessadas em enologia e, no dia seguinte, não quiseram visitar os vinhedos de Otárola, preferiram ficar no clube, tomando sol de fio-dental à beira da piscina. Ernesto e eu tivemos de enfrentar sozinhos esse compromisso, de modo que cruzamos estoicamente a planície ígnea de quase 100 quilômetros que separa Paracas de Ica. Chegamos esturricados à casa de Otárola, por volta de meio-dia. E ainda tínhamos de visitar a vinha! Otárola nos levou aos arredores da cidade por uma estrada seca e poeirenta, até parar em frente a um extenso muro de adobe onde havia um portão. Entramos, e já estávamos na vinha: apenas uns 5 ou 10 hectares, mas muito bem cuidados. Enfileiradas em suas valetas de irrigação, as videiras cresciam, até 1,5 metro de altura, apoiadas em estacas e protegidas por caramanchões de bambu nos quais entrelaçavam seus braços sarmentosos. Os cachos ainda não estavam maduros. Ernesto e eu pensávamos que a visita se limitaria a apreciar a vinha mais próxima da entrada e ouvir comentários de nosso anfitrião. Mas os viticultores são fanáticos, homens de ideias fixas e paixões violentas, de maneira que Otárola não se limitou a oferecer-nos uma vista panorâmica de sua vinha e nos fez percorrê-la sulco por sulco, videira por videira, semiagachados devido à pouca altura do caramanchão, sufocados pelo calor, respirando poeira e ouvindo explicações técnicas que nosso desespero nos impedia de compreender. Essa visita durou uma hora, sob um sol zenital. Quando saímos dali, Ernesto e eu estávamos ressequidos e exaustos, mas Otárola, orgulhoso de sua demonstração.

Aquela tortura precisava ter uma recompensa. De volta à casa de Otárola, morrendo de sede e fome (Carol e Judith estavam nos esperando no clube para o almoço), nosso anfitrião nos ofereceu um pisco sour de despedida. Mais uma demora! Mas a espera não foi em vão, porque o pisco sour que ele nos serviu em grandes copos de cristal parecia um presente dos deuses. Não só matou nossa sede e eliminou a fadiga, como nos dotou de uma alegria transbordante. Pedimos outro e depois mais um, porém o terceiro nos foi negado. Otárola era um homem responsável. Tínhamos de voltar de carro a Paracas, e era melhor estar sóbrios. Finalmente chegou o momento da partida.

— O vinho que eu faço não é de grande qualidade – disse Otárola com franqueza –, mas meu pisco, este que fabrico para mim, não tem igual nem aqui nem em qualquer outro lugar do mundo.

Foi à cozinha e reapareceu com um garrafão que devia conter uns 10 litros de pisco.

— Tomem. Levem para Lima, ou para Paris, e lembrem-se deste pobre lavrador.

O garrafão!

A partir daí, a tarde se encaminhou para o absurdo. Carol e Judith ainda estavam na beira da piscina, bronzeadas pelo sol e, principalmente, de cabeça quente com nosso atraso. Para fazer as pazes, exibimos o garrafão como se fosse um troféu e pedimos ao cozinheiro-barman japonês que preparasse um pisco sour antes do almoço, que, como nossas amigas nos recriminaram, estava pronto havia mais de uma hora. Mas o pisco sour era tão bom que repetimos, e pouco depois estávamos os quatro na piscina, eufóricos, chapinhando e gritando, enquanto o oriental nos trazia mais rodadas de sua beberagem e nos lembrava, sem merecer nossa atenção, que o ceviche estava esquentando e o arroz com frango, esfriando. Só quando começou a anoitecer recuperamos um pouco de lucidez e vimos que:

Primo: Não tínhamos almoçado.
Secondo: Pelo segundo dia consecutivo, tínhamos adiado a excursão, objetivo da nossa viagem.

Depois de um banho, comemos rápido e decidimos sair em busca da praia deserta, nem que tivéssemos de passar a noite em terra incógnita. Pusemos alguns objetos e mantimentos no porta-malas, entre os quais, muito bem arrolhado, o garrafão.

Quando só tínhamos percorrido uns 20 quilômetros, escureceu, e uma dúvida nos assaltou: para onde exatamente nos dirigíamos? Além do mais, estávamos numa bifurcação: a Panamericana, que ia para Ica, e outro caminho, que supostamente dava em alguma enseada. Para poder decidir, tiramos a rolha e bebemos pisco do gargalo, ajudando-nos mutuamente a levantar o garrafão, de tão pesado que era. Assim puro, sem misturas nem enfeites, aquele pisco era um orvalho celestial, um néctar denso que recheava a boca com um calor perfumado e um sabor de vinhas mitológicas, nas quais faltava pouco para ver Baco bebendo e Sileno dançando.

— Por ali – decidiu Ernesto. E entramos pelo caminho secundário que, como notamos quilômetros adiante, não ia em direção ao mar: penetrava nos areais vizinhos. E que areais! Naquela noite sem lua pareciam ondulantes, infinitos, sob a luz das estrelas. Uma voz suavíssima parecia vir da planície sombria. Um pouco adiante, sucumbimos ao seu chamado e decidimos descer da caminhonete e enfrentar aquele areal inóspito a pé. Ernesto estacionou na beira da estrada e adentramos a escuridão, levando o garrafão como único equipamento.

A areia estava morna, apesar da hora, e nossos pés afundavam silenciosamente na matéria fofa. Andávamos bem juntos, seguindo os acidentes do terreno, declives leves ou os pequenos montes, tudo sob a difusa luz estelar. Mas, à medida que avançávamos (de vez em quando fazíamos uma parada para beber um gole do garrafão que Ernesto transportava), íamos sentindo os efeitos de uma embriaguez que vinha, mais que da bebida, do poderoso feitiço do deserto. Andávamos cada vez mais rápido, como se estivéssemos absorvidos por uma força invisível, e cada vez mais afastados uns dos outros, até que começamos a correr e nosso grupo se separou. Ernesto e Carol desapareceram para um lado e eu me vi sozinho com Judith sob a imensidão da cúpula celeste.

— Espere aí – disse, antes que ela desaparecesse como os outros e, pegando-a pela mão, ficamos ali imóveis, ouvindo o silêncio.

Que sensação maravilhosa! Eu sentia os batimentos do coração de Judith na mão e, em uníssono conosco, as pulsações distantes do mundo sideral. Primeiro nos sentamos na areia, depois nos deitamos de costas para contemplar o céu, abismados. Na noite alta, os espaços que separavam as estrelas, planetas e constelações iam se povoando com mais e mais luminárias, tão próximas entre si que formavam uma mancha leitosa, e afinal o firmamento acabou se tornando uma abóbada cintilante de prata. Eu nunca tinha visto um céu assim, nem nos planaltos mais altos dos Andes nem nas costas mais secas de Almería ou do norte da África. Agora entendia, só agora, por que os antigos habitantes daquelas planícies, sem nuvens nem chuva, tinham um contato tão íntimo com as estrelas e aprenderam tantas coisas naquela janela para os espaços infinitos que se abria toda noite. Astrônomos, adivinhos, oleiros, tecelões, agricultores, pescadores, construtores de estradas, templos e cidades foram educados durante séculos na escola do cosmos.

Judith e eu, ainda de mãos dadas, estávamos fundidos no deserto e na noite, confundidos com os corpos celestes que piscavam no teto prateado, num estado de êxtase que nos desencarnava e nos dissolvia na imensidão do universo. E teríamos continuado assim, não fossem os gritos distantes que chegaram até nós.

— ...to!
— ...ol!

Eram as vozes de Ernesto e Carol procurando-se no deserto. Imediatamente nos levantamos e corremos pelo páramo ondulante para encontrá-los. Perseguindo aquelas vozes, acabamos nos afastando um do outro e, por nossa vez, nos separamos. Cada um começou a correr para um lado, chamando o outro. Eu avançava ou recuava ou virava para a esquerda ou para a direita, guiado por um grito ou enganado por outro, num espaço que não era nem escuro nem claro, mas banhado por uma luz fantasmagórica. Então percebi que não era necessário gritar nosso nome inteiro, só a última sílaba, assim o chamado era mais nítido e o esforço, menor. E os outros também adivinharam, porque agora se ouviam vários:

— ...it!
— ...to!
— ...ol!
— ...lio!

Por fim, um "to" ressoou ao meu lado e me deparei com Carol.

— Estou procurando o Ernesto há horas! – exclamou –, onde diabos vocês se meteram? Não vamos nos separar, por favor.

Continuamos avançando no escuro, guiados pelos gritos de Ernesto e Judith, que soavam, angustiados, em pontos diferentes e distantes. Com aquela luz difusa e aquele terreno indiferenciado, era impossível orientar-nos. Finalmente, depois de infinitas voltas e reviravoltas, encontramos Judith. Só faltava Ernesto. Dessa vez sem nos afastar muito, gritando nossos nomes para indicar a posição, vasculhamos o páramo e, ao contornar uma duna, avistamos Ernesto, de pé no topo de um montículo, contemplando a abóbada celeste com os braços para cima.

— Porra! – exclamou quando nos viu. — Eu já estava decolando para a Via Láctea!

Estávamos cansados, excitados, mas felizes pelo reencontro. Agora precisávamos encontrar a estrada onde tínhamos deixado a caminhonete. A única informação que pudemos obter com nossos pobres conhecimentos astronômicos era a posição do Cruzeiro do Sul, que brilhava triunfante no mapa estelar. Seguimos suas ordens, quinze minutos depois chegamos à estrada e, caminhando por ela, encontramos a caminhonete. Ernesto acendeu os faróis e vimos um marco amarelo indicando o quilômetro 33. Foi só quando arrancamos de volta para os nossos alojamentos no clube que descobrimos ter esquecido uma coisa no deserto: o garrafão.

Essa agitada expedição noturna criou certos laços emocionais em nosso grupo, de maneira que nessa noite, coisa que não havia acontecido na anterior, Ernesto e Carol dividiram um bangalô e Judith e eu, outro. Mas essa história não vem ao caso. O fato é que no dia seguinte, quando nos levantamos no meio da manhã com a intenção de partir finalmente em busca da praia deserta, nos deparamos com uma surpresa: havia visitantes no clube, o que não estava previsto acontecer antes do fim de semana. Quando fomos tomar o café da manhã, vimos um casal em trajes de banho na beira da piscina. Ele era um quarentão corpulento e ela, uma mulher loura e de aparência delicada. O japonês que nos atendia veio informar:

— É o sr. Raúl Rojas Ruiz, alto executivo da Pesca Peru, e a senhora sua esposa.

Nós, naturalmente, tivemos de ir cumprimentá-los. Ele respondeu com naturalidade, mas ela, com alguma desconfiança. Na certa deve ter indagado o que aquela dupla de cinquentões estava fazendo num clube solitário com duas garotas bonitas e muito mais jovens. Por educação, evitaram fazer perguntas, mas na conversa foi se revelando que elas não eram nossas esposas. Raúl Rojas Ruiz ficou não só encantado, mas excitado com a situação, ao passo que sua mulher evidentemente estava chocada por ter de dividir o clube com dois casais irregulares.

O bendito pisco de Otárola veio em nossa ajuda. Na véspera, antes de ir para o deserto, tínhamos deixado um litro do néctar de reserva com o cozinheiro-barman, para que nos preparasse seus deliciosos coquetéis. Foi o que ele fez naquele meio-dia, quando íamos entrar na piscina com Raúl Rojas Ruiz e a esposa, antes de sair para a busca de uma praia deserta. Os primeiros copos foram suficientes para deixar RRR (vou chamá-lo assim de agora em diante, como o batizamos) muito mais eloquente e a esposa, menos arisca. No caso dela, era efeito da bebida, mas ele tinha outro motivo: era um velho pisqueiro, adorador e colecionador desse sumo das videiras, como nos informou, e por isso abriu mão do coquetel e pediu que lhe servissem o pisco purinho. Tanto o elogiou que confessamos que era presente de um amigo viticultor, mas que infelizmente tínhamos perdido o garrafão no deserto. RRR não pareceu dar muita importância a esse detalhe, mas durante o almoço — já que decidimos almoçar no clube antes de sair em busca da praia deserta — voltou ao assunto do garrafão e de repente nos perguntou onde o havíamos perdido. Na verdade, porém, não sabíamos exatamente onde tinha sido. Nossa única referência era o marco amarelo no quilômetro 33. Alguma coisa nos fez omitir dele essa informação. Mas, como ele não parava de indagar, e o almoço estava tão bom, e a cerveja gelada estava tão cristalina, tive a má ideia de lhe propor uma adivinhação.

— O garrafão está perdido nos areais. O lugar tem algo a ver com a religião católica.

Eu estava pensando no marco que indica o quilômetro 33, idade da morte de Cristo, supondo que fosse impossível que RRR, com sua imaginação de burocrata, pudesse apelar para o raciocínio analógico e resolver o enigma. Mas subestimei sua inteligência ou seu amor pelo pisco porque, quando estávamos acabando de almoçar e conversando sobre outras coisas, e aparentemente ninguém mais pensava no garrafão, RRR aproveitou um silêncio para perguntar:

— Tem um número no meio, certo? Seria 12, como os apóstolos? Ou 33, como a idade de Cristo na cruz? É um desses quilômetros?

Tivemos de admitir, surpresos, que ele havia acertado, mas sem especificar se era 12 ou 33, e dissemos que iríamos procurar o garrafão no dia seguinte, antes de voltar para Lima, porque aquela tarde estava destinada à nossa busca da praia deserta.

Logo em seguida fomos nos preparar para a expedição em nossos bangalôs. O almoço tinha sido farto, já eram quatro da tarde e estávamos um pouco embotados. Talvez fosse o caso de tirar uma soneca, coisa que RRR afirmou que ia fazer quando nos levantamos da mesa. Mas isso foi um estratagema, porque, quando íamos nos deitar para descansar um pouco, ouvimos o som do motor de um carro arrancando. Pela janela do bangalô, Ernesto viu que era RRR, partindo célere rumo à estrada. No instante seguinte, entrou no meu quarto.

— RRR se adiantou! Acabou de ir embora. Aposto que vai procurar o garrafão.

Ao contrário do que esperávamos, Carol e Judith eram as mais indignadas e exigiram que fôssemos imediatamente atrás de RRR para não deixá-lo se apropriar do nosso bem. Dez minutos depois, saímos na caminhonete.

Já eram cinco da tarde, mas o sol ainda ardia. Ao chegar à bifurcação, enveredamos pela estrada secundária que tínhamos percorrido na véspera. Não estávamos enganados: quando chegamos ao quilômetro 12 (RRR começou pelos apóstolos), vimos o carro dele estacionado na beira da estrada. Estava fechado e vazio. Certamente RRR tinha entrado nos areais em busca de sua cobiçada presa. Continuamos a toda a velocidade, até chegar ao quilômetro 33.

O deserto era muito diferente durante o dia. Era sua aridez, o delicado desenho de suas cristas e ondulações, seu jeito recatado de existir como paisagem, sem nenhuma grandiloquência, que nos fascinava de dia, enquanto à noite seu feitiço vinha do misterioso chamado de seu espaço silencioso e sombrio e de sua abertura para os abismos estelares. Entramos nas areias luminosas de nossa incursão noturna. Avançamos por meia hora em direção ao leste, às vezes reconhecendo nossas pegadas, mas sem ver o garrafão em lugar algum. Por fim distinguimos algo que brilhava ao pé de uma duna: era um raio de sol vespertino se refletindo no recipiente de vidro. Saímos correndo, gritando hurras até estar com o garrafão nas mãos. Fizemos um brinde comemorativo (superaquecido pelo sol, o pisco tinha gosto de fogo líquido, mas um fogo sagrado) e voltamos para a caminhonete. Alguns quilômetros à frente, no caminho de volta para o clube, cruzamos com o carro de RRR, que presumivelmente se dirigia em alta velocidade para o quilômetro 33.

Nessa noite, encontramos no bar do clube RRR, a esposa e outros funcionários que tinham ido passar lá o fim de semana. Todos numa gandaia muito animada e corporativa. Quando nos viu, RRR se mostrou evasivo, desconfortável, como se estivesse envergonhado. Não fizemos nenhuma alusão à parada que tínhamos vencido.

No dia seguinte precisávamos voltar para Lima e, de lá, viajar a Paris. Mais uma vez não tínhamos encontrado a praia deserta. Mas ficamos pelo menos com o consolo de ter recuperado o garrafão.

O garrafão foi um incidente que nos divertiu, mas também nos afastou naquele momento do nosso verdadeiro objetivo: a busca de um refúgio solitário. Foi por isso que Ernesto e eu, voltando a Lima no ano seguinte, reassumimos nosso plano com toda a energia. Dessa vez concluímos que, como a ideia de uma praia deserta no litoral se revelava uma coisa problemática, talvez fosse melhor procurar uma ilha. E achamos que a opção mais adequada eram as ilhas de Chincha, de onde esporadicamente se extraía guano, mas que eram desabitadas na maior parte do tempo.

Voltamos ao hotel Paracas, agora sem Judith nem Carol e, ainda assim, mais entusiasmados que nunca, porque a ideia de instalar-nos numa ilha deu uma aura literária ao nosso projeto, transformando-nos em intrépidos Robinsons Crusoé. No hotel, tentamos conseguir uma lancha que nos levasse ao nosso destino, mas só se faziam excursões com turistas nas proximidades da costa ou para ilhas mais acessíveis e frequentadas. Afinal descobrimos que uma vez por semana saía um rebocador do cais La Puntilla com destino às ilhas de guano. Por sorte, esse rebocador partia no dia seguinte. Falamos com o piloto, que aceitou levar-nos mediante uma boa gorjeta.

Era um rebocador minúsculo, raso e lento, que demorava mais ou menos três horas para chegar às ilhas, dependendo do estado do mar e do vento. Naquela manhã o mar estava agitado, o barco investia firme contra cada onda, caía sonoramente atrás dela e enfrentava a que vinha em seguida. Ernesto e eu estávamos meio grogues e quase não pudemos apreciar o enorme e misterioso candelabro inscrito numa encosta arenosa do litoral que ia se afastando, e que o piloto apontou dando explicações que a força do vento nos impediu de compreender. Pouco depois, o movimento das ondas se acalmou e o rebocador entrou em ritmo de cruzeiro. Uma hora mais tarde avistamos no horizonte uma silhueta cinzenta, que parecia emergir do mar e crescer à medida que avançávamos. Essa silhueta tomou a forma de dois promontórios secos e abruptos: eram as ilhas de Chincha. À nossa volta pulavam golfinhos ágeis e lustrosos. O rebocador foi rumando para a ilha da direita, onde distinguimos algo como um cais e, atrás dele, uma casa quadrangular com uma balaustrada em volta de todo o seu perímetro. Minutos depois atracávamos no cais, onde um sujeito nos indicava com a mão que subíssemos por uma escada de madeira carcomida.

Só quando chegamos ao cais conseguimos ver a ilha vizinha e, numa enseada rochosa, divisamos uma gigantesca massa marrom que parecia vibrar sob a luz intensa do sol. Ernesto pensou, como me disse, que era um amontoado de pneus de caminhão usados. Mas de repente aquela massa emitiu um rugido: eram lobos-marinhos! No mesmo instante, bandos de pelicanos, patinhos e gaivotas decolaram grasnando da crista do morro, enquanto alguns lobos, como se obedecessem a um comando, pularam na água e começaram a mergulhar e a brincar, voltando pouco depois ao promontório.

— Estão começando a acordar – disse o homem que nos recebera, perguntando depois se éramos do ministério.

Vimos que era um homenzinho curtido como um velho pescador, mas com traços andinos. Ele nos observava desconfiado, pois não tinha sido avisado de nossa visita. Nada de ministério, explicamos, só queríamos conhecer as ilhas, aproveitando a viagem do rebocador. O homenzinho sorriu:

— Eleodoro Pauca, às suas ordens. Sou o vigia da ilha.

Enquanto isso o piloto, depois de atracar o barco no cais, tinha subido a escada e apareceu com uma cesta cheia de mantimentos. Lá dentro se viam legumes, ovos, pães e, principalmente, garrafas de refrigerante e cerveja.

— Vamos? – perguntou o vigia, dirigindo-se para a casa. Seguimos atrás dele, escoltados pelo piloto e sua cesta.

Entramos numa construção muito grande, velha e malcuidada, certamente do século XIX, época do auge do guano. Atravessamos um longo corredor que dava para um monte de quartos equipados com catres caindo aos pedaços. No final, chegamos a um lugar que devia ser o refeitório, porque lá havia uma mesa grande rodeada de cadeiras, onde o piloto descarregou as provisões.

— A casa é sua – disse-nos o vigia. — Agora desculpem. Dom Pedro e eu vamos pescar. Na volta, almoçamos aqui.

E logo depois desapareceram, deixando-nos donos da casa e da ilha. Ao ver-nos a sós, Ernesto soltou as rédeas da emoção.

— Fantástico, não é? Exatamente o que estávamos procurando. Um lugar deserto, calmo... Já imaginou uma casa aqui? Vamos conhecer a nossa ilha.

Começamos inspecionando a casa, seus quartos com aqueles catres em que só havia um colchão de palha, um escritório com estantes cheias de papelada, um banheiro enorme com uma banheira de ferro. Claro, tudo aquilo era pitoresco, anacrônico e atraente, mas não íamos morar lá; tínhamos de encontrar uma enseada onde construir uma casa condizente com nosso sonho, algo que não tivesse nada a ver com aquela enorme construção incongruente, que mais parecia uma feitoria colonial do tempo do Império Britânico.

Saindo da casa, vimos uma encosta que levava para a beira do mar, perto do cais. O sol do meio-dia estava violento e o mar, calmo. Pelicanos e patinhos tinham ancorado novamente na crista da ilha vizinha, enquanto os lobos-marinhos – "a montanha de pneus", como dizia Ernesto – continuavam descansando na enseada. Aquele lugar embaixo do cais era uma praia divina. Vimos o vigia e o piloto saindo do estreito que separava as duas ilhas e entrando em alto-mar num barco a remo. O cenário era tentador demais para resistir ao impulso de tomar um banho.

Jogamos nossa roupa na areia e, nus como dois vermes idosos, caímos naquelas águas cristalinas e fresquíssimas. Ambos éramos bons nadadores (na juventude tínhamos feito percursos de vários quilômetros entre Chorrillos e Miraflores) e avançamos em direção à ilha próxima. Que felicidade, sentir-se naquele mar profundo, limpo e seguro, chapinhando, mergulhando, gracejando, brincando feito crianças! Um rugido nos assustou, e de repente vimos matilhas de lobos jogando-se ao mar no promontório vizinho e vindo em nossa direção. Não sabíamos se os lobos mordem, comem ou trituram, mas imediatamente demos meia-volta e regressamos à praia numa velocidade que nunca tínhamos atingido sequer em nossas competições escolares. Ficamos ali deitados na praia, ofegantes, espalmados e inanimados, como se fôssemos restos de um naufrágio.

Não tínhamos forças para explorar a ilha, por isso continuamos deitados na areia, olhando para o céu azul onde os pássaros, assustados com outro rugido dos lobos-marinhos, cruzavam os ares grasnando. Quando começamos a sentir fome – deviam ser três da tarde –, avistamos o barco em que o piloto e o vigia se aproximavam da costa remando com dificuldade. Depois de vestir-nos, fomos encontrá-los no cais. Lá de cima, vimos o barco cheio de peixes prateados se debatendo, alguns com tanta força que pulavam por cima da borda e voltavam para o mar.

— Boa pescaria! – gritou Eleodoro, sacudindo um peixe pelo rabo.

Meia hora depois, estávamos sentados no refeitório diante de uma travessa de ceviche de corvina e outra de linguado frito. A cerveja que o piloto trouxera de Paracas estava morna, mas isso não nos incomodou. Lá ficamos sabendo, pelas conversas entre Eleodoro e dom Pedro, de seus negócios ocultos. Toda semana o piloto trazia os mantimentos de que o vigia precisava, mas recebia de volta uma quantidade apreciável de peixe que dom Pedro vendia em Paracas. Também descobrimos que estávamos numa época de sossego, mas que a qualquer momento, em um mês ou dois, ia começar a coleta de guano. Cerca de mil peões viriam se instalar na ilha, onde ficariam uma longa temporada antes de voltar à sua terra.

— Todos eles vêm de Huaraz, meu povoado – disse Eleodoro. — Trabalham feito animais, os coitados. Mas gastam tudo aqui. Os comerciantes também vêm, montam suas barracas na ilha e vendem comida, bebida, coca e até mulheres. E as confusões que meus conterrâneos aprontam! Gritam mais alto que os lobos-marinhos.

Essa revelação nos assustou. Mil pessoas na ilha era quase uma invasão, mas, enfim, isso não acontecia durante o ano todo e até dava para aceitar. Entretanto, não tivemos muito tempo para pensar no assunto, porque estávamos ansiosos para explorar a ilha em busca do lugar sonhado. Dom Pedro disse que às seis voltaria a Paracas e, enquanto isso, ia sair de novo com Eleodoro no barco para continuarem a pescaria.

Ernesto e eu aproveitamos para explorar a ilha. Escalamos o morro íngreme de areia que margeava a costa. Olhando de cima, vimos algumas enseadas estreitas que não nos convenceram. Finalmente encontramos uma mais larga, em forma de meia-lua, embora bastante longe do cais. Como praia era ideal, disse Ernesto, e explicou que nossa casa não tinha de se parecer com uma feitoria britânica, porque ele já estava vislumbrando, sim, estava quase vendo uma casa de bambu e junco, construída sobre pilares e com amplos espaços internos, frescos e serenos, onde podíamos desenvolver nossos trabalhos "mais perto da natureza e de nós mesmos", como queríamos. Mas nesse momento estávamos cansados demais para continuar sonhando e voltamos para a casa quando o sol já estava se escondendo atrás da ilha dos pelicanos. Dom Pedro e Eleodoro ainda não tinham voltado de sua pescaria vespertina.

— E se ficarmos aqui por alguns dias? – perguntou Ernesto entusiasmado. — Podemos voltar na próxima semana com o rebocador.

Por que não?, pensei. As camas eram desconfortáveis e só íamos comer peixe, mas poderíamos aproveitar para explorar melhor a ilha. A ideia nos seduziu e começamos a inspecionar os quartos, em busca de um menos decrépito, quando ouvimos um rugido estrondoso proveniente da ilha vizinha, seguido por outro e mais outro, e imediatamente todos os lobos-marinhos começaram a gritar ao mesmo tempo, criando uma orquestração impetuosa com seus uivos, de tons variadíssimos, que ricocheteavam nas paredes rochosas das ilhas. Havia rugidos que pareciam gritos de guerra, prantos desesperados, alaridos de prazer ou gemidos de crianças abandonadas numa noite escura. E aquele concerto não dava sinais de acabar, pelo contrário, era amplificado e enriquecido com variantes agudas ou graves, enquanto a luz do dia desaparecia. Ernesto e eu, a princípio surpresos, afinal nos sentimos sufocados e quase aterrorizados com aquele estrondo.

— Porra! – exclamou Ernesto. — Você acha que é possível dormir com essa zona?

Nesse exato momento, Eleodoro e o piloto surgiram em cima do cais com uma cesta cheia de peixes nas mãos.

— A que horas termina essa balbúrdia? – perguntou Ernesto, gritando para ser ouvido.

— Dura horas! – respondeu Eleodoro no mesmo volume. — Mas a gente se acostuma!

Tínhamos de tomar uma decisão, porque o piloto estava se despedindo de Eleodoro. Ficar uma semana lá era tentador, pensei, talvez pudéssemos encontrar, no outro lado da ilha, uma enseada mais reservada onde os rugidos dos cetáceos não chegassem.

Mas havia, por outro lado, a ameaça, ainda mais grave, daquele milhar de peões que viria coletar o guano. Além do mais, a ilha ficava tão longe da costa! O que íamos fazer se um de nós ficasse doente ou sofresse um acidente?

— É hora de voltar! – gritou o piloto. — Vocês vêm comigo ou não?

— Vamos lá – disse Ernesto, que certamente tivera os mesmos pensamentos que eu.

Então nos despedimos do vigia e descemos resignados as escadas do cais até pôr os pés no rebocador. Já estava escurecendo quando saímos das ilhas, que iam diminuindo e afundando no mar sob a luz crepuscular. Apesar da distância, continuamos ouvindo – ou talvez fosse apenas uma simples alucinação – os rugidos dos lobos-marinhos.

Ernesto e eu ficamos desanimados com esse novo fracasso. Por algum tempo, depois de voltar a Paris, não tocamos mais no assunto e, reintegrados aos nossos lares, continuamos levando nossa vida europeia, às vezes até achando agradável o trabalho rotineiro – ele pintando, eu escrevendo – naquele ambiente que, apesar dos pesares, era de um cosmopolitismo excitante. Além do mais, Ernesto saiu de Paris e se estabeleceu por algum tempo em Milão, onde o mercado de artes plásticas era mais aberto e dinâmico; depois foi para Nova York, e por isso deixamos de nos ver. Ainda assim, cada um guardava dentro de si saudades de nosso velho projeto. Às vezes, na correspondência esporádica que trocávamos, fazíamos alguma alusão, no fim, geralmente num pós-escrito, às nossas excursões frustradas. Ernesto chegou até a me mandar o croqui de uma nova casa que ele havia imaginado, dessa vez enorme e ovular como uma meia laranja, inspirada em não sei qual lugar que ele visitara no norte do Canadá. Mas o fato é que pouco a pouco nosso sonho frustrado foi mofando e acabou enterrado nas profundezas de nós mesmos. Três ou quatro anos depois, voltamos a nos encontrar em Lima. Contentes com aquela coincidência que nos reaproximava, passamos a nos ver diariamente, contando nossas aventuras, triunfos e decepções. E, assim, nosso velho ideal foi ressurgindo. Estávamos mais velhos, é verdade, Ernesto um pouco barrigudo e eu mais magro e seco que antes, mas, como concluímos, mais fartos que nunca daquilo que chamávamos de "velha cultura" e mais sensíveis ao poderoso "chamado do deserto".

Uma noite, tomando cerveja num bar de Miraflores, ao ver nosso balneário mudado, desfigurado, transformado numa urbe variegada e barulhenta, que se parecia cada vez mais com um bairro de uma das muitas metrópoles das quais tínhamos tentado fugir, nos perguntamos: por que não? Ainda havia tempo! Até então, como lembramos, só tínhamos visitado algumas praias do sul. Mas nosso litoral tinha quase 3 mil quilômetros de extensão. Ainda havia muito a explorar. Decidimos então voltar à ativa e organizar uma nova expedição em busca de uma praia deserta onde construir nossa casa.

— Desta vez vamos para o norte! – disse Ernesto, eufórico. — Ouvi falar de lugares incríveis lá. Vamos conhecendo as diferentes enseadas. É impossível que não exista um lugar, o nosso lugar.

— E se não encontrarmos?

Ernest ficou pensativo.

— Não importa! – disse muito sério. — Se não encontrarmos a praia deserta, a nossa casa só vai existir na nossa imaginação. E por isso mesmo será indestrutível.

Dias depois estávamos na estrada, em direção às praias do norte.

Barranco, 1992

Posfácio: Ribeyro em sua teia de aranha
ALEJANDRO ZAMBRA

Não é fácil memorizar o rosto de Julio Ramón Ribeyro, pois sua aparência muda muito a cada foto: o cabelo comprido, curto ou médio, com ou sem cigarro, com ou sem bigode, com feições sérias, um sorriso leve ou uma gargalhada imprevista. É como se tivesse decidido despistar os curiosos com disfarces toscos.

O rosto de Ribeyro é o rosto de um estudante de Direito que desprezava a advocacia, o de um limenho que queria morar em Madri, e que em Madri sonhava em ir a Paris, e que em Paris sentia saudades de Madri, e assim por diante, no compasso das bolsas e das saias, e sobretudo na busca de tempo para perder escrevendo, na solidão de Munique, ou de Berlim, ou de Paris, de novo, por uma longa temporada.

O rosto de Ribeyro é o rosto de um homem solitário que amontoava taças sujas e jogava as cinzas pela sacada. O rosto de Ribeyro é o rosto de um eterno convalescente que nasceu em 1929 e morreu em 1994, dois anos depois de começar a publicação de *La tentación del fracaso* [A tentação do fracasso], o espantoso diário que escreveu por mais de quatro décadas.

"Era, talvez, a pessoa mais tímida que conheci", disse Mario Vargas Llosa, com certeza o escritor menos tímido do Peru. Enrique Vila-Matas, por outro lado, ficou mudo ao conhecer Ribeyro, e não por admiração, simplesmente "por causa do pânico que minha timidez e a dele provocaram em mim". Ribeyro era um tímido que acreditava que os peruanos eram tímidos: "Temos um medo doentio do ridículo; nosso apreço pela perfeição nos conduz à inatividade, nos força a nos refugiar na solidão e na sátira", escreve em seu diário.

*

"Minha vida não é original, muito menos exemplar, não passa de mais uma entre as tantas vidas de um escritor de classe média nascido num país latino-americano no século XX", diz em sua *Autobiografia*.

Mesmo nas páginas mais confessionais de seu diário, um tom impessoal persiste, que o mantém a salvo da exposição e da anedota. Ribeyro escreve para viver, não para demonstrar que viveu. Um fragmento de 1977 é revelador nesse sentido: "A verdadeira obra deve partir do esquecimento ou da destruição (transformação) da própria pessoa do escritor. O grande escritor não é aquele que resenha sua existência de forma verídica, detalhada e penetrante, mas sim aquele que se torna o filtro, a película através da qual a realidade passa e se transfigura".

*

Ribeyro foi um grande escritor?

Embora boa parte de seu diário permaneça inédita (a última edição da Seix Barral vai até 1978), a leitura de *La tentación del fracaso* revela que Ribeyro é um dos maiores diaristas da literatura latino-americana. Seus contos, por sua vez, lhe renderam precocemente o título de "melhor contista do Peru" (apesar de não ter faltado o engraçadinho a defini-lo como "o melhor escritor peruano do século XIX"). Numa anotação de 1976, ele avalia, com desencanto, seu destino literário: "Escritor discreto, tímido, laborioso, honesto, exemplar, marginal, intimista, esmerado, lúcido: eis aqui alguns dos adjetivos que a crítica me concedeu. Nunca ninguém me chamou de grande escritor. Porque certamente não sou um grande escritor".

Gostava de se apresentar como um prosador da terceira divisão que em algum momento fez um gol magnífico. Mas é preciso dizer que durante os últimos anos de sua vida ele jogou com estádio cheio, recebendo gentilmente o assédio de seus admiradores.

*

Os contos de Ribeyro se prestam à fruição lenta, a serem folheados, ao ritmo das viagens de metrô e das inconfessáveis interrupções laborais. É difícil voltar ao trabalho depois de receber as pinceladas que o autor preparava com paciência, na esteira dessa "emotividade sóbria" de que fala Bryce Echenique.

Nos anos 1970 e 1980, os contos de Ribeyro circulavam reunidos sob o título *A palavra do mudo*, que aludia à representação dos marginais, isto é, esses personagens ribeyrianos por excelência: frágeis, encurralados pelo presente, vítimas da modernidade. Como observou novamente Bryce Echenique, em seus contos Ribeyro aparece como um Vallejo compassivo, cravado na altura do chão.

O afã de retratar essa Lima triste e desigual coexiste desde o início com uma velada projeção autobiográfica, que vai ganhando nitidez não apenas em seus contos, mas também no conjunto de sua obra. Escreveu romances, peças teatrais e textos "proverbiais", como ele chamava suas digressões históricas, além de valiosos ensaios de crítica literária e dois livros afiados e estranhos – *Prosas apátridas* (1975) e *Dichos de Luder* [Máximas de Luder] (1989) – que prepararam o terreno para a chegada de *La tentación del fracaso*.

*

Enquanto seus colegas escreviam grandes romances sobre a América Latina, Ribeyro, o marginal do *boom*, dava forma a dezenas de contos simplesmente magistrais, que, no entanto, não cumpriam com as expectativas dos leitores europeus. E ele sabia muito bem disso: "O Peru que apresento não é o Peru que eles imaginam ou o que é representado: não há índios, ou há poucos, não ocorrem coisas maravilhosas ou insólitas, a cor local está ausente, falta o barroco ou o delírio verbal", diz, com calculada ironia.

*

Em *Dichos de Luder*, Ribeyro articula uma elegante saída para a pergunta de por que não escrevia mais romances: "Porque sou um corredor de distâncias curtas. Se corresse uma maratona, eu me exporia à possibilidade de chegar ao estádio depois de o público ter saído".

*

Alonso Cueto disse, num artigo recente, que os romances de Ribeyro costumam perder tensão e interesse. Certamente pensava na leveza forçada de *Los geniecillos dominicales* [Os geniozinhos dominicais] (1965) ou no ceticismo um pouco aguado de *Cambio de guardia*

[Troca da guarda] (1976). *Crónica de San Gabriel* [Crônica de San Gabriel] (1960), por outro lado, seu primeiro romance, é com certeza uma obra maior.

"É sobretudo uma crônica", diz Ribeyro sobre esse romance, "a crônica de uma adolescência imaginária, de uma família estranha, de uma terra generosa e ao mesmo tempo hostil, a crônica de um reino perdido". Ribeyro escolhe a máscara de Lucho, um adolescente limenho que, no decorrer de um ano de vida lenta, é objeto dos caprichos de sua prima Leticia e testemunha das injustiças de um mundo em laboriosa decomposição. O romance avança às apalpadelas, procurando uma linguagem precisa e rigorosa: "Ao vê-la de perto comprovei, surpreso, que suas pupilas eram de uma opacidade tão singular que a luz vinda das janelas as iluminava sem penetrar". O reino perdido de San Gabriel, ele diz em seu diário, ao terminar o romance, "é o tempo do escritor, os inumeráveis dias de beleza que sacrifiquei para imaginar essas histórias".

*

No diário de 1964, consta esta admirável definição de romance, que serviria também, diga-se, para descrever o processo criativo de um conto ou de um poema: "Um romance não é como uma flor que cresce, e sim como um cipreste que se talha. Ele não deve ganhar forma a partir de um núcleo, de uma semente, por adição ou floração, e sim a partir de um volume arbóreo, por corte ou subtração".

O escritor que poda corre o risco de ficar sem jardim, um risco necessário, em todo caso: "Silvio no roseiral" ou "Ao pé da escarpa", talvez dois de seus melhores contos, provocam, por assim dizer, um efeito romanesco, do mesmo modo que as frases de Ribeyro costumam tangenciar a intensidade da boa poesia.

*

Mesmo sabendo que é tarde demais, permitam-me pedir desculpas pela quantidade de citações de Ribeyro contidas neste artigo. Tento citar o mínimo possível, porém fracasso. E no que resta deste texto, seguirei fracassando: "Quando tinha 12 anos, eu dizia a mim mesmo: um dia serei maior, fumarei e passarei as noites numa escrivaninha, escrevendo. Agora já sou um homem, estou fumando, sentado em minha escrivaninha, escrevendo, e digo a mim mesmo: quando tinha 12 anos eu era um perfeito imbecil". Outra: "Tenho uma grande desconfiança dos homens que não fumam nem tomam um copinho de álcool. Devem ser horrivelmente viciados".

*

"A partir de certo momento minha história se confunde com a história de meus cigarros"[1], diz Ribeyro, em "Só para fumantes", seu imprescindível "autorretrato fumando".

Depois de repassar seus primeiros Derby, seus Chesterfield de estudante universitário ("cujo aroma adocicado guardo até hoje na memória"), os de "tabaco escuro e nacionais" Inca, a perfeita caixinha dos Lucky ("Quando evoco aquelas altas noites de estudo, em que virava a noite com os amigos na véspera de uma prova, entro forçosamente por esse círculo vermelho"[2]) e os Gauloises e Gitanes que adornaram suas aventuras parisienses, Ribeyro rememora o momento mais triste de sua vida como fumante, que se dá quando compreende que para

1 Ver p. 11 deste volume. [N. E.]
2 Ver p. 14 deste volume. [N. E.]

poder fumar deve se desprender de seus livros: troca, então, Balzac por vários pacotes de Lucky, entrega os poetas surrealistas por uma caixinha de Player's, Flaubert por algumas dezenas de Gauloises, chega até a renunciar a dez exemplares de *Os urubus sem penas*, seu primeiro livro de contos, que acaba vendendo por quilo para convertê-los num miserável pacote de Gitanes.

Abundam no conto passagens que um não fumante julgará inverossímeis, mas que nós, fumantes, sabemos serem totalmente fidedignas: aquela noite, por exemplo, em que Ribeyro se lança de uma altura de 8 metros para recuperar um maço de Camel, ou anos mais tarde, quando soluciona a prescrição estrita de não fumar escondendo na areia alguns maços de Dunhill, que todas as manhãs corre para desenterrar.

Ribeyro merece um lugar de destaque na libertadora biblioteca para fumantes que inclui, entre outros livros necessários, *A consciência de Zeno*, de Italo Svevo, *Cigarros são sublimes*, de Richard Klein, *Fumaça pura*, de Guillermo Cabrera Infante, e *Cuando fumar era un placer* [Quando fumar era um prazer], o ensaio de autoajuda de Cristina Peri Rossi no qual consta este poema sensível, que os não fumantes – mais uma vez – considerarão exagerado, mas que para nós é uma declaração de máxima intensidade amorosa: "Parar de fumar/ foi tão duro/ tão doloroso/ como parar de te amar".

Insisto: essas imagens possuem uma beleza indiscutível para aqueles de nós que creem, como pensava Rocco Alesina, que "fumar não mata, acompanha até a morte". Não é conveniente, claro, ler esse conto de Ribeyro enquanto se está em tratamento com vareniclina, uma droga capaz de converter os fumantes em cidadãos deprimidos do mundo global. (Convém recordar, a propósito, testemunhos de pessoas que, depois de seguir tratamentos exitosos com Champix, confessam um enorme desassossego existencial. "Agora, sem fumar, tudo é infinitamente mais sem graça", disse-me há pouco, de fato, meu amigo Andrés Braithwaite, famoso durante décadas por suas enérgicas baforadas)[3].

*

Em vez da semivigília aconselhada por Breton e companhia, Ribeyro preferia escrever em estado de semiembriaguez. Peço novamente desculpas, mas este fragmento de *Prosas apátridas*, que poderia ser entendido como uma versão alcoolizada de "Borges e eu", precisa ser citado por inteiro: "A única maneira de me comunicar com o escritor que há em mim é através da libação solitária. Depois de algumas taças, ele emerge. Escuto sua voz, uma voz um pouco monocórdia, porém contínua, às vezes imperiosa. Eu a registro e tento retê-la, até que ela vai se tornando cada vez mais borrada, desordenada, e acaba desaparecendo quando eu mesmo me afogo num mar de náuseas, tabaco e bruma. Pobre duplo meu, a que poço terrível o releguei, de forma que só consigo entrevê-lo tão esporadicamente e à custa de tanto mal! Enterrado em mim como semente morta, talvez ele se lembre das épocas felizes em que coabitávamos, mais ainda, em que éramos o mesmo e não havia distância a vencer nem vinho a beber para tê-lo constantemente presente".

*

---

[3] Pouco depois da publicação destas linhas, Braithwaite voltou a fumar, comportamento que mantém incólume até hoje. [NOTA DO AUTOR]

"Kafka é meu irmão, sempre senti isso, mas o irmão esquimó, com o qual me comunico por meio de sinais e gestos, porém de um modo que nos entendemos", escreve Ribeyro.

Para além da proximidade perceptível em alguns de seus contos fantásticos, a semelhança – a irmandade – de Ribeyro com Kafka aparece plenamente em momentos de humor velado como o que segue: "Sou algo relativamente precioso e frágil, ou seja, um objeto que foi difícil e custoso de se fabricar – estudos, viagens, leituras, trabalhos, doenças –, e por isso lamentaria que tal objeto não tivesse a possibilidade de render tudo o que pode. Fazer uma aquisição e desperdiçá-la é insensato".

Ou o fragmento a seguir, que lembra o Kafka de "Onze filhos": "Temo que meu filho tenha herdado quase todos os meus defeitos, junto aos de minha mulher, o que já seria demais. Só os meus teriam sido suficientes para fazer dele um inteligente desgraçado".

*

Em consonância com o ceticismo do autor, os personagens de Ribeyro se relacionam de forma problemática com a história. É difícil decidir se sua aquiescência política correspondia a um imperativo moral ou se na verdade ele foi construindo, conforme o desenrolar dos acontecimentos, uma roupa sob medida. O embrião do desengajamento político – social, não – de Ribeyro está nesta anotação de 1961, escrita depois de redigir um manifesto sobre o papel que os escritores deveriam cumprir no Peru: "Mais importante que mil intelectuais assinando um manifesto virulento é um trabalhador com um fuzil. Triste papel, o nosso. Além do mais, que sentido há, que decência pode haver em elaborar esta declaração em

Paris, ouvindo Armstrong e bebendo um copo de Saint-Émilion?".

Em 1970, depois de deixar o trabalho de uma década na agência France-Presse, Ribeyro passa a ocupar um posto na embaixada e depois na Unesco, sobrevivendo, até 1990, às democracias e ditaduras correspondentes. Guillermo Niño de Guzmán, seu editor e amigo, lembra a propósito: "O afã por manter sua condição diplomática pode ser entendido por se tratar de seu *modus vivendi* (seus rendimentos literários eram insuficientes), mas isso trouxe consigo um custo enorme: a perda de sua independência política".

*

Em seus diários, Ribeyro dá espaço a algumas reflexões cheias de culpa sobre lealdade. Prevalece, porém, a incredulidade ou talvez a convicção de que os grandes feitos históricos constituem um lapso depois do qual a mediocridade e a miséria recrudescem. As notícias que chegam da América Latina o afetam, mas ele é muito mais afetado – e é o primeiro a reconhecer isso – por suas longas internações em hospitais e pelos combates corpo a corpo com a página em branco.

Diante da notícia do golpe de Estado chileno, Ribeyro assina, naturalmente, os manifestos necessários, mas insiste em se manter distante, em separar as águas: "Nesses momentos, gregos e troianos se unem, esquecem seus rancores e trabalham na mesma direção, embora, devo reconhecer, não com os mesmos objetivos". O imperativo da ação está em desacordo com sua visão pessimista da história: "Dois garis franceses da estação de metrô, com seus sobretudos azuis, falando por gírias, ou melhor, grunhindo algo sobre seu trabalho; no que eles foram beneficiados pela Revolução Francesa?".

*

Quem era, então, Ribeyro?
　Ribeyro era, como diz Tabucchi acerca de Pessoa, um baú cheio de gente: "É como se existisse em mim não um, mas vários escritores tentando se expressar, e querendo fazê-lo todos ao mesmo tempo, porém acabam conseguindo apenas esticar um braço, uma perna, o nariz ou a orelha, alternando-se desordenados, confusos e um pouco grotescos".

*

A crise do romance é, para Ribeyro, resultado de uma impostura: "De um tempo para cá, os romances franceses são escritos por professores e para professores. O romancista francês atual é um senhor que não tem nada a dizer sobre o mundo, e sim muito sobre o romance", escreve. E insiste, a seguir, mirando a literatura "moderna" (um adjetivo que em Ribeyro costuma ser desdenhoso): "Cada novo escritor coteja sua obra com a de escritores anteriores, não com o mundo. Desse modo, chega-se a uma rarefação da matéria romanesca, que pode se confundir com o esoterismo". Os novos escritores, conclui, "tentam fazer de sua obra não um reflexo pessoal da realidade, e sim um reflexo pessoal de outros reflexos".

*

Sobre *Franny & Zooey*, o romance de Salinger, diz: "Seus personagens se movem como ex-alunos do Actors Studio".

*

É decisivo este juízo sobre Carpentier, escrito depois de ler as primeiras sessenta páginas de *O recurso do método*: "O romance é um bazar de nomes próprios e de referências eruditas. Esse defeito se acentua por causa de outro traço de caráter que creio notar em Carpentier: o temor de que, por ser latino-americano e comunista, seja imputada a ele uma ignorância em matéria de cultura ocidental. Então ele ostenta seu conhecimento, mas com uma exuberância tropical". Ribeyro sabe ser cruel: "É como o novo-rico que comparece à festa com seu traje mais elegante e com todas as joias que possui. Seu estilo, mais que precioso, é um estilo enjoiado".

*

"Necessidade de construir novamente minha vida, minha teia de aranha", escreve Ribeyro, em meados dos anos 1950, com plena e prematura consciência de que viver é fazer continuamente tábula rasa. Ele não é aquele personagem de Borges que apenas no último segundo — logo antes de sentir "a íntima faca na garganta" — compreende seu destino. Ribeyro não é um herói, e sim um homem que, a cada manhã, já muito distante de seu bairro limenho, observa-se na rachadura do espelho familiar. Mais que uma vida organizada em etapas e derrotas parciais, Ribeyro invoca a cada dia um destino duvidoso. Daí decorre a predileção de leitores como Bryce ou Julio Ortega por "Silvio no roseiral", um belo conto sobre a esquiva arte de ler o mundo.

*

"Sua falta de confiança no futuro obrigava-o a limitar suas aspirações quase somente à esfera cotidiana, e ele nunca se preocupou de fato em saber o que faria ou comeria no dia seguinte", diz o autor em "Autorretrato al estilo del siglo XVII" [Autorretrato no estilo do século XVII]. Quem me acompanhou até aqui saberá imaginar como foi prazeroso para Ribeyro redigir essas linhas. O final é bonito e talvez verdadeiro: "Podia permanecer sozinho, de fato tinha certa inclinação para a solidão e só aceitava a companhia de pessoas que não ameaçassem sua tranquilidade ou que não o oprimissem com seu charlatanismo".

Agosto, 2006

ALEJANDRO ZAMBRA nasceu em Santiago, no Chile, em 1975. No Brasil, publicou *Poeta chileno* e *Ficção 2006-2014*, que reúne seus principais romances, entre eles *Bonsai* e *Formas de voltar para casa*. É também autor de contos, poesia e ensaios, e suas obras foram traduzidas para vinte idiomas. Colabora para veículos como *Granta*, *The New Yorker*, *The Paris Review*, entre outros.

Tradução de Miguel Del Castillo.

PREPARAÇÃO Silvia Massimini Felix
REVISÃO Ricardo Jensen de Oliveira, Huendel Viana e Tamara Sender
CAPA Lucas Machado
PROJETO GRÁFICO DE MIOLO Bloco Gráfico

DIRETOR-EXECUTIVO Fabiano Curi

EDITORIAL
Graziella Beting (diretora editorial)
Livia Deorsola e Julia Bussius (editoras)
Laura Lotufo (editora de arte)
Kaio Cassio (editor-assistente)
Pérola Paloma (assistente editorial/direitos autorais)
Lilia Góes (produtora gráfica)

RELAÇÕES INSTITUCIONAIS E IMPRENSA Clara Dias
COMUNICAÇÃO Ronaldo Vitor
COMERCIAL Fábio Igaki
ADMINISTRATIVO Lilian Périgo
EXPEDIÇÃO Nelson Figueiredo
ATENDIMENTO AO CLIENTE Meire David
DIVULGAÇÃO/LIVRARIAS E ESCOLAS Rosália Meirelles

EDITORA CARAMBAIA
Av. São Luís, 86, cj. 182
01046-000 São Paulo SP
contato@carambaia.com.br
www.carambaia.com.br

copyright desta edição © Editora Carambaia, 2023
© The Estate of Julio Ramón Ribeyro 2014, 2022
c/o Indent Literary Agency
www.indentagency.com
posfácio © Alejandro Zambra, 2022

Título original: *Solo para fumadores* [Lima, 1987, 1994].

Esta é a tradução da coletânea original peruana *Só para fumantes* (*Solo para fumadores*), de 1987, que leva o título do primeiro conto do volume. Em 2007, foi publicada no Brasil uma antologia de Ribeyro sob o mesmo título, porém composta de uma seleção distinta de contos. Optamos por intitular a edição da CARAMBAIA de *Ausente por tempo indeterminado*, para evidenciar que são obras diferentes.

CIP-BRASIL. CATALOGAÇÃO NA PUBLICAÇÃO
SINDICATO NACIONAL DOS EDITORES DE LIVROS, RJ

R373a
Ribeyro, Julio Ramón [1929-1994]
  Ausente por tempo indeterminado / Julio Ramón Ribeyro; posfácio Alejandro Zambra; tradução Ari Roitman, Paulina Wacht; Miguel Del Castillo (posfácio)
  1. ed. – São Paulo: Carambaia, 2023.
  192 p.; 21 cm

  Tradução de: *Solo para fumadores*
  ISBN 978-85-69002-98-7

  1. Contos peruanos. I. Zambra, Alejandro.
  II. Roitman, Ari. III. Wacht, Paulina.
  IV. Del Castillo, Miguel. V. Título.

22-81585   CDD: 868.99353   CDU: 82-34(85)
Meri Gleice Rodrigues de Souza – Bibliotecária CRB-7/6439

ilimitada

FONTE
Antwerp

PAPEL
Pólen Bold 70 g/m²

IMPRESSÃO
Ipsis